천녀모란(天女牡丹)

사모하고
있습니다

사모하고 있습니다~천녀모란(天女牡丹)~

초판 1쇄 찍은 날 | 2014년 8월 1일
초판 1쇄 펴낸 날 | 2014년 8월 10일

지은이 | 우카미 아야노
그린이 | 사쿠라 사쿠
옮긴이 | 최나연
펴낸이 | 예경원

편집책임 | 박우진
편집 | 오아현

펴낸곳 | 예원북스
등록번호 | 제396-2012-000132호
등록일자 | 2012. 7. 25
YRN | 제3-0007호

주소 | 경기도 고양시 일산동구 무궁화로 8-28 삼성메르헨하우스 712호 (우) 410-837
전화 | 031-819-9431 팩스 | 031-817-9432
http://blog.naver.com/ainandfin
E-mail | ainandfin@naver.com

ISBN 979-11-5630-788-4 02830

AIN PREMIUM SERIES

우카미 아야노 글ㅡ 사쿠라 사쿠 그림ㅡ 최나연 옮김

사모하고 있습니다
천녀모란(天女牡丹)

AIN
아인

*이 이야기는 픽션으로, 이야기에 등장하는 인물·단체·사건은
현실과는 무관합니다.

CONTENTS

1화
알리고 싶지 않은 미열

"어서 이리 오거라."

수묵화로 그려진, 족자 속 호랑이가 나를 바라본다.

빛나는 눈동자. 칼날 끝처럼 매끈하게 올라간 눈초리.

작게 조여드는 두 눈의 검은자위 안에는 내 모습이 담겨 있다.

이불 위에 무릎을 꿇고 반듯이 앉는다.

전통 종이로 장식된 사방등의 은은한 빛이 내 모습을 비춘다.

건너편에서 뻗어온 손에 기모노의 앞섶이 양옆으로 벌어진다.

사락—

사라락—

기모노를 단단히 고정하던 허리끈이 풀린다.

비단의 감촉이 어깨를 타고 흘러내린다.

호랑이의 눈을 마주한 채로 나는 실오라기 하나 걸치지 않은 모습이 되어간다.

이불 위에 눕혀진 나.

부풀어 오른 가슴을 움켜쥐며 시작되는 애무.

피부에 닿는 달콤한 정전기가 가슴 전체를 뒤덮는다.

"점점 농염해지는군. 널 처음 안았을 때 네년은 순진무구한 소녀였거늘."

갑자기 끼쳐온 담배 내음에 놀랄 새도 없이 젖꼭지가 따뜻한 것에 둘러싸인다.

"앗……."

단 한순간에 나의 몸은 변했다.

따뜻하게 감싸진 곳에서 시작된 뜨거운 잔물결이 이리저리 퍼져 나간다.

함몰됐던 젖꼭지가 거세게 빨려나온다.

미끄러운 혀가 쉴 새 없이 상하좌우로 핥아댄다.

"하아, 아아……."

마치 보이지 않는 밧줄에 묶인 것처럼 양손을 머리 위로 올린 나는 그저 헐떡일 뿐이었다.

할짝, 쭙—

혀는 멈추지 않고 움직인다.

이리저리로 휘둘리며 젖꼭지는 더욱더 민감해진다.

이렇게 이분의 애무를 받는 사이 나의 젖꼭지는 금세 솟아올라 단단하게 부풀어 오른다.

두툼한 혀에 붙들린 지금도 젖꼭지가 바싹 뾰족해진 것이 느껴진다.

"아아, 하응……."

"야릇한 소리를 내게 되었구나, 네네(寧寧). 이몸의 아래에서 여자가 돼가는군."

혀끝은 타액을 머금고 젖꼭지 주위를 맴돌아 주변을 온통 축축하게 만든다.

"하아, 아아……."

온몸이 움찔거리며 떨려온다.

"허리가 움직이고 있어. 가슴만 핥아줘도 벌써 아래가 들썩대는 게냐."

"아아, 싫어……."

알 수가 없다.

방금 전까지만 해도 이러고 싶지 않았다.

언제나, 언제나, 정말이지 싫다.

이 방에 들어오는 것이 두렵다.

그런데 왜일까?

족자 속 호랑이의 예리한 안광은 나를 꼼짝도 할 수 없게 만든다.

"다리를 벌려보거라."

"아아, 아아……."

지시대로 나는 양다리를 벌린다.

"네가 바라는 곳을 네 스스로 위안해 보거라."

나의 손은 조종을 당하는 것처럼 은밀한 곳으로 내려간다.

검지와 중지로 붉은 꽃술을 감싼다.

호랑이의 두 눈 속에 이런 나의 모습이 각인된다.

나는 이분께 거역할 수 없다.

그분께 알려질 것이 두려워 견딜 수가 없다.

그런데도 나의 육체는 큰 주인 나리께 안길 때마다 무서울 정도로 변해간다.

"네 스스로 손가락을 움직여 보려무나. 그래, 네가 욕망하는 만큼. 솔직하고 음탕한 네 모습 그대로."

"아, 아아… 응, 읏……."

이불 위에서 몸을 비틀어가며 나는 끊임없이 손가락을 움직였다.

애무로 찾아온 가슴의 쾌감과 스스로 은밀한 꽃술을 문질러 얻은 희열이 피부 아래서 결합한다.

잔물결처럼 피부를 뒤덮고 있던 욱신거리는 통증에 점점 더 괴로운 열이 더해진다.

"아, 아, 아……."

"그렇지. 네년은 아주 음란하고 착한 아이야. 이몸이 기른 최고의 창부지."

창부— 창부—

맨 처음 그 말을 들었을 때, 난 마음속에서 있는 힘껏 사실을 부정했다.

나는 스스로 더럽혀지고 있는 것이 아냐—

나는 거부조차 허락되지 않는 하녀의 몸이니까—

그렇게 생각하려고 했다.

하지만—

"아아, 이제 더는……."

나는 더욱더 다리를 벌리고 눈물을 머금은 눈을 들어 큰 주인 나리를 올려다보았다.

"네 손가락만으로는 쓸쓸한 게로구나."

심술궂게 비웃는 눈빛에도 나는 그저 허리를 비틀어 응답할 뿐이었다.

"후훗."

큰주인 나리가 은밀한 곳으로 손을 뻗어왔다.

가운뎃손가락이 활짝 피어난 꽃의 중심을 어루만졌다.

"아훗……!"

흠칫흠칫 몸을 떨게 만드는 거센 쾌감이 살갗을 찌른다.

"훌륭하구나, 이렇게나 꿀이 넘쳐흐르다니."

뻔뻔한 손가락은 갈라진 틈새의 가장자리를 쉬지 않고 맴돌았다. 주위를 맴돌던 손가락이 서서히 안으로 침투해 온다.

"네년은 대체 얼마나 더 음탕해질 작정이냐, 응?"

"앗, 아웅… 아앙……."

손가락이 꿀을 휘젓는 것처럼 아래위로 움직이며 더욱 깊이 들어온다.

나는 울부짖으며 손가락의 감촉을 받아들인다.

"하나로는 모자라겠군."

푸욱— 갑자기 또 다른 손가락 하나가 밀고 들어온다.

"아아아앗……!"

참을 수 없는 압박감이 몰고 온 쾌감에 상반신이 절로 뒤로 젖혀진다.

"그렇게 큰 소리를 내면 집안사람들이 들을 텐데?"

손가락 끝이 성난 파도를 만들어내기 시작한다.

"아훗……!"

나는 손으로 입을 막고 필사적으로 소리를 참아보았다.

그래도 이 끔찍한 신음 소리는 멈추지 않는다.

소리가 손가락 사이로 새어나간다.

"아훗, 아아, 아아아앗!"

두 손가락이 은밀한 곳의 살을 누르고 벌려 나의 내부를 문지른다.

이 육체가 희열을 느끼는 곳을 너무도 잘 아는 움직임

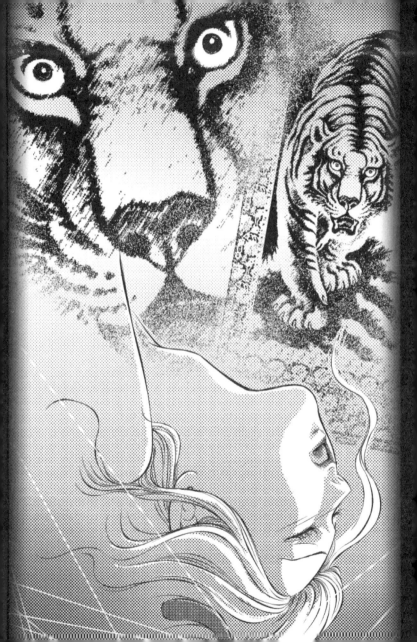

으로.

알리고 싶지 않아—

그분께만은—

"후훗, 늘 그랬듯이 재갈을 물려줄까? 아니면 이몸이 손수 입을 막아주는 것이 좋겠느냐."

나는 눈물을 떨구며 몇 번이고 고개를 끄덕였다.

이 소리를, 제발, 멈추어주세요—

그분께 들리지 않도록—

두터운 손이 내 코와 입을 눌렀다.

—읏…….

그와 동시에 숨을 쉴 수가 없어졌다.

—으, 으응으응……!

몸속 깊숙이 들어간 손은 쉬지 않고 파도를 만들어낸다.

내밀한 곳의 살을 모두 긁어내기라도 할 것처럼.

철퍽, 질퍽, 질퍽—

"어서 도달해라. 그렇지 않으면 질식사할 테니."

괴로움과 쾌락이 뒤엉켜 머릿속이 새하얘진다.

백색의 세상에서 나를 지켜보는 것은 오직 호랑이의 두 눈뿐.

—아아, 끝없이 추락한다…….

호랑이의 두 눈동자가 번뜩 빛났다.

예리한 빛에 잡아먹히는 것처럼, 나는 절정의 밑바닥으로 떨어졌다.

*　　　*　　　*

메이지 44년, 서기 1911년.
동경.
5월.
부슬비 속 까만 마차가 가게 앞에 멈췄다.

"지금껏 정말로 신세 많이 졌습니다."

고용살이 기간이 만료된 사카에가 배웅 나온 일동에게 고개 숙여 인사했다.

사카에의 얼굴에는 행복감과 더불어 이제부터 꾸려갈 인생에 대한 자그마한 불안이 드러나 있었다.

점주인 슈이치(秀一) 도련님이 조용히 고개를 끄덕여 인사에 답하고는 먼저 마차에 올랐다.

"행복하게 사시게."

안주인 시즈(志津)는 말수가 적은 평소 성격대로 짧게 인사했다. 시즈의 품에는 이제 곧 한 살이 되는 이치로(一郎)가 안겨 있다.

사카에는 스물한 살에 이 마치(眞地)가에 하녀로 들어온 아이로, 나보다 두 살 어린 농가의 딸이다.

이 집에서 삼 년간 일하다가 오늘, 가게의 단골인 분재 직공에게 시집을 간다.

하인들도 모두 모여 사카에를 배웅했다.

"모처럼 길 떠나는 날에 우울하게 무슨 비가 이리 오래 온담?"

마흔이 넘은 토미가 넌더리를 치며 말했다.

비에 젖은 사카에가 죄송하다는 듯 씁쓸하게 웃어 보이고는 조심스레 나를 본다.

"사카에."

나는 지금까지 그래왔듯이 해주고 싶은 말만 짧게 하기로 했다.

"초봄에 이렇게 촉촉하게 내리는 비를 뭐라고 하는지 아니?"

"…아뇨."

차가워 보일만큼 하얗게 얼굴을 분칠한 사카에가 다시 불안한 기색으로 나를 바라보았다.

"'몰래 오는 비'라고 해. 오늘은 사랑을 오랜 시간 조용히 이어온 사카에와 야키치 씨에게 꼭 어울리는 멋진 출발의 날이야."

사카에는 드디어 웃음을 보이더니 크게 숨을 들이켰다.

"…고마워요. 행복하게 살게요."

사카에가 다시 한 번 모두에게 고개 숙여 인사하고 마차에 올라탔다.

"그럼 가지."

슈이치 도련님이 마부에게 눈짓으로 신호를 보냈다. 마차가 달리기 시작했다.

가랑비와 안개 속으로 흐릿하게 멀어지던 마차는 곧 모퉁이를 돌았다.

'아유, 세상에' 하며 시즈가 가게로 들어갔다.

하인들도 줄줄이 각자의 자리로 돌아간다.

나도 그 뒤를 따르다가 마차가 떠나는 모습을 한 번 더 바라보았다. 낮게 드리운 구름 너머 태양빛이 어슴푸레 비췄다.

"오동나무 장롱에 기모노에, 혼수도 다 갖춰준 데다 마차까지 태워 보내주다니. 요즘 세상에 참 호사스럽지 뭐야."

"겉치레지, 겉치레. 당연하잖아? 마님이 다 결산해 주신 게지."

토방에서 저녁 식사를 준비하는 토미 무리의 목소리가 요란스럽다.

"큰주인어른이 돌아가신 지도 벌써 삼 년인데 가게 자금 사정은 어떻게 돼가고 있는지 원."

"집 나가는 사람보다 지금 있는 우리 급여나 좀 올려주면 좋겠는데 말이야."

나도 그들 곁에 웅크리고 앉아 아궁이에 불을 피웠다.

오 년 전 이 집에 수도관이 연결된 이후 물을 쓰는 일은 제법 편해졌다.

그런데 가스관을 연결하는 이야기가 나왔을 때는 장례를 치르느라 이야기가 흐지부지되었었기 때문에, 불은 아직도 아궁이에 피워야 한다.

"네네, 넌 왜 결혼을 안 하니? 고용살이 기간은 벌써 만료된 지 오래일 텐데."

"왜, 신부로 들고 싶단 얘기도 몇 번 나왔잖아?"

화제의 화살이 나를 향해, 나는 조심스레 대답했다.

"좋아하지도 않는 사람과의 결혼은 내키지 않아서요."

"사카에처럼 괜찮은 사람을 몰래 숨겨놓은 건 아니지?"

"자유롭게 연애도 할 수 있고 자유롭게 떠날 수도 있는 사람은 좋겠어."

자유— 왜인지 요즘 모두가 입에 담는 말……

"죄송해요, 저, 큰마님께 차를 가져다드릴 시간이라서."

나는 끓인 물을 다관에 부어 부엌을 나섰다.

"정말이지 음침한 애라니까."

"저래서야, 아무리 외모가 괜찮은들 뭣한담."

닫힌 문 너머에서 늘 듣던 험담이 들려온다.

나는 한숨을 내뱉고 큰 마님의 방으로 향했다.

여느 곳들처럼 이 집의 하인들도 대강 십오 세에서 십팔 세 사이의 소녀들과 사십 세 이상의 여자들, 이렇게 두 종류로 나뉜다.

십대 소녀들은 예의범절을 배울 겸 일을 하는 경우가 대부분이다.

마흔이 넘은 여자들은 남편과 사별하거나 빚을 지는 등 복잡한 사정을 갖고 들어온다.

여덟 살에 하인이 되어 스물네 살인 지금까지 쭉 하녀로 살아온 나 같은 여자는 드물다.

삼 년을 함께 산 사카에가 집을 나갔으니 이 집에 젊은 하인은 다시 나 하나가 되었다.

내가 태어난 곳은 도치기현에 있는 작은 마을이다.

소작인이던 부모님과 오빠, 나. 네 가족. 가난했지만 웃음이 끊이지 않는 화목한 가족이었다.

그러나 내가 일곱 살 때, 부모님과 오빠가 모두 유행병으로 연달아 세상을 떠났다.

홀로 남겨진 나는 숙부님 부부에게 맡겨졌다.

하지만 이미 슬하에 자식이 넷이나 있던 숙부님은 나까지 돌보기는 곤란했던지 다음 해 나를 도쿄에 하녀로 내보냈다.

그래서 오게 된 곳이 바로 이 포목점.

『마치야』.

당시에는 큰주인 나리가 살아 계셨고 큰 마님도 정정하셨다.

시간은 흘러 장남인 슈이치 도련님이 카도(華道)가의 딸인 시즈를 아내로 맞아 후계자인 이치로가 태어나 가족이

늘었다.

십육 년 동안 일해온 이 집에서 해고되지 않는 이상 나는 앞으로도 이곳을 나가지 않을 것이다.

좋은 사람을 만나 결혼한다는 건 내겐 평생 연이 없는 이야기.

내겐 그럴 자격이 없다.

왜냐하면 나는—

"네네."

갑자기 툇마루 쪽에서 들려온 남자 목소리.

'아······.'

손에 쟁반을 든 채로 주뼛거리며 뒤를 돌아봤다.

"오랜만이야."

비 내리는 오월의 어느 날.

수채화처럼 물기를 머금고 빛을 내는 식물들 속에서 나타난 건—

"사토리(里利) 도련님······? 어떻게······?"

"어머니가 편찮으시다고 해서 문안차 찾아뵈러 왔어. 넌 건강해 보이는구나, 네네."

그리웠던 상냥한 미소를 머금고 사토리가 나에게 다가온다.

동경제국대학을 졸업한 후 이 집을 나가 부속의대에서 일하고 있는, 이십팔 세, 마치가의 차남.

그가 밟는 자갈소리가 구름 틈새에 가닿았다가 먼 옛날의 기억을 가지고 되돌아온다.

툇마루 바로 아래 선 사토리가 나를 올려다보며 웃었다.

"여전히 무뚝뚝하네. 변하지 않아 더 좋긴 하지만."

반년만의 만남.

그가 이 집을 떠났던 육 년 전부터, 그가 일 년에 두 번씩 귀성할 때조차 나는 그와 제대로 얼굴을 마주한 적이 없다.

늘 내가 먼저 피했으니까.

보드라워 보이는 사토리의 머리카락 위에 비가 물방울을 흩뿌리고 있다.

"이런 비를 뭐라고 불렀는지 기억해?"

이렇게 묻고 그는 옛날과 똑같은 미소를 보내왔다. 나는 주저하면서도 대답했다.

"… '몰래 오는 비' … 예요."

당신이 가르쳐 준 비의 이름이죠…….

열두 살 때였어요.

바로 이 툇마루에서. 이렇게 내리는 비를 함께 바라보면서…….

"그때 네가 말했지. 이런 비를 좋아한다고."

조금 야위어서일까, 더 남자다워진 모습.

늠름하면서도 고요한 눈빛은 예전 모습 그대로―

비는 계속되고 있는데, 뜻밖에 구름 사이가 은은하게 빛난다.

부디 이 비가 그치지 않게 해달라고, 이대로 조금만 더 시간을 멈춰 달라고—

사토리를 바라보며 나는 기도했다.

2화
비 내리는 밤의 비밀

훌쩍, 훌쩍—

흐느끼는 소리가 들려온다.

처음 그분을 만난 것은 내가 여덟 살이던 때, 이 저택으로 이끌려오던 날.

그분이 열두 살이던 때다.

동경의 거리에는 난생 처음 보는 마차가 달렸고, 가스등도 서 있었다. 치마폭이 넓은 양장을 휘감고 거리를 누비던 동경의 여자들은 모두 예뻤다.

하지만 커다란 저택에 도착하자마자 나는 곧장 길고 긴 복도를 물걸레질해야 했다.

나름 최선을 다했지만 어찌나 다리가 아프던지.

휘청 넘어지는 바람에 물걸레 통을 쓰러뜨려 복도를 온통 물바다로 만들었다.

그 일로 선임자에게 야단을 맞았던 탓인지 그날 저녁 나온 한 공기를 가득 채운 보리밥은 전혀 목으로 넘어가지 않았다.

그날 밤, 툇마루에서 죽은 아버지와 어머니, 남동생을 떠올리며 울고 있어야 했던 것은 나였다.

훌쩍, 훌쩍—

그런데 뜰에서 울고 있던 사람이 한 명 더 있었다.

우는 소리가 겹치자 우리는 서로의 기척을 알아채고 동시에 울음을 멈췄다.

영산백꽃 앞에 쭈그리고 앉아 있던 그분이 눈물 맺힌 큰 눈을 들어 나를 보았다.

그분은 곧바로 눈물을 닦더니 벌떡 일어섰다.

남에게 눈물을 보이는 건 분해서 참을 수 없다는 듯이.

"넌 새로 온 아이야?"

"너……."

왜 그래? 라고 물으려다가 나는 입을 막았다.

이 사람은 이곳의 도련님.

'너'라니, 실례를 범했어… 또 야단맞겠다…….

그러자,

"시시해. 나보다 슬프게 우는 사람이 곁에 있으면 눈물이 멎는다고."

어른스러운 얼굴로 그분은 말했다.

나도 모르게 '도련님이 더 슬프게 울고 계셨던 것 같은데요' 라고 말해 버렸다.

나는 진심으로 슬피 울고 있었어요.

당신도 그랬죠?

"아버지께 혼났거든."

그분은 뾰로통하게 말했다.

"내가 형과 달리 너무 어리광을 부린대. 어머니께 갖다 드리려고 뜰에 있는 꽃을 딴 것뿐인데."

"꽃을 따면 혼나나요?"

"남자답지 못한 거래. 이 집의 아들은 더 씩씩해져야 한다고."

"어머님께 상냥한 아들이 되어 드리려는 마음도 소중한 거라고 생각해요."

"응, 나도 그렇게 생각해."

그분은 콧물을 훌쩍이며 이번에는 헤헤거리며 아이처럼 웃었다.

"뭐든 이렇게 다른 사람에게 털어놓으면 가슴이 후련해져. 해결해야 하는 건 꽃이 아닌, 다른 문제였던 거지."

"……네."

말로 할 순 없었지만 무슨 말인지 알 것 같았다.

"넌 왜 울었어? 괜찮으면 말해봐."

"아……."

"이유를 말해봐. 같이 울던 사이에 강한 척할 필요 없어."

그분은 내 팔을 끌어 툇마루에 앉혔다.

"털어놓으면 아주 조금이나마 후련해질 거야. 괜찮아, 비밀 지킬게."

*   *   *

"큰마님, 차를 내왔습니다."

미닫이문을 열어 어스름한 방으로 들어갔다.

큰마님은 요즘 자리에 누워만 계신다. 힘없이 나를 바라보던 큰마님의 눈이 오늘은 여느 때와 달리 빛을 내며 커졌다.

"사토리… 돌아온 게냐?"

"응, 다녀왔어요. 어머니가 편찮으시다고 형이 편지로 알려줬거든요."

사토리가 큰마님의 몸을 일으켜 작은 어깨에 두루마기를 걸쳐주었다.

"반가워라. 얼마나 걱정했는지 모른단다."

"하하, 정초에 왔다 간 지 얼마나 됐다고요."

"내 몸이 계속 이래서 널 잘 챙겨주지 못했어. 정말 미안하구나."

큰마님은 힘줄이 다 드러난 손으로 사토리의 볼을 어루만지며 눈을 붉혔다.

옛날부터 몸이 약해 하루 대부분의 시간을 이 방 안에서만 보내셨던 분이다.

그럼에도 큰마님이 얼마나 사랑과 정이 많은 분인지, 예부터 이 집에 있던 사람들은 잘 안다.

사토리가 의학에 뜻을 둔 이유가 큰마님께 있었을지도 모를 일이다.

"요즘 날씨가 안 좋아서 몸에 부담이 갔을 거예요. 그래도 오늘은 비가 제법 예쁘게 내려요."

사토리가 눈짓을 보내와 나는 미닫이창을 열었다.

부드러운 햇살이 방 안을 비추기 시작한 순간 내 심장은 흠칫 얼어붙었다.

큰주인 나리의 방에 걸려 있던 족자가—

지금은 큰마님이 쓰시는 이 방 안에 걸려 있다.

두 눈을 부릅뜬 족자 속 호랑이가, 지금 나를 향해 매섭게 눈을 빛낸 것 같았다.

"어머니, 비가 그치면 함께 정원을 산책해요. 영산백꽃과 접시꽃이 피기 시작했어요."

"산책을 하면 기침이 심해져서 좀 그래. 아버지가 화내시거든."

"아버지가?"

사토리가 고개를 갸웃했다.

"아니다, 그래도 이제 호통은 치지 않으셔. 날 걱정해서 그러시지. 어제도 둘이 함께 연못의 잉어를 보는데."

"아버지와……?"

큰마님을 바라보는 사토리의 얼굴에서 웃음기가 사라졌다.

"그러는데 마침 때까치가 날아와서 물놀이를 하지 뭐야. 그 모습이 어찌나 사랑스럽던지."

큰마님은 내게도 소녀 같은 미소를 건넸다.

"이 아이가 곁에 있어줘 내가 얼마나 안심이 되는지 몰라. 얼마나 잘 해주는지."

"어머니… 언제부터 저러셨니?"

미닫이문을 닫고 나와 사토리가 눈썹을 찡그렸다.

"이번 겨울에 갑자기……. 가끔 이치로 아기씨를 슈이치 도련님이나 사토리 도련님으로 착각하시기도 해요."

사토리가 크게 한숨을 쉬었다.

"형이 거기까진 알려주지 않았어."

"일 때문에 바쁘신 사토리 도련님께 걱정을 끼치고 싶지 않으셨겠죠……."

"역시 난 아직도 이 집의 응석받이 막내일 뿐이군……."

복도를 지나 안뜰 쪽 툇마루로 나갔다.

밖에는 아직도 촉촉이 비가 내리고 있다.

"고마워, 네네. 네가 어머니를 돌봐 드리니 나도 가족들도 네 덕에 안심이 돼."

"아니에요, 전, 그저……."

사토리가 뜰을 바라보며 건네 온 말에 나는 목이 메여 아무 대답도 할 수 없었다.

그 수묵화 속 호랑이만이 진실을 알고 있으니.

그 눈 속에, 본래의 내 모습이 각인되어 있다—

"네네는 어떻게 지내?"

사토리가 분위기를 바꾸려 밝은 목소리로 말했다.

"혼담 같은 것도 들어올 텐데… 혹시 어머니 때문에 거절하고 있는 건 아냐?"

"아뇨, 그렇지 않아요."

"사토리 씨!"

갑자기 등 뒤에서 고음의 목소리가 울려왔다.

"설마 돌아왔을 줄이야. 만나서 기뻐요!"

화려한 양장 차림을 하고 응접실에서 나온 것은 사쿠라기 키요코(櫻木貴代子)였다.

마치가와는 조부 대부터 친하게 지내온 날실 무역회사 사장의 딸.

사토리보다 세 살 어린, 사이좋은 소꿉친구…….

"아주머님 병문안을 오던 길에 뜬금없이 마차에 타고 있던 슈이치 오라버니를 만났지 뭐예요."

"고마워. 근데 어머니는 지금 막 잠드셨어."

"그럼 깨실 때까지 기다릴게요. 그동안 사토리 씨 얘기나 좀 들려줘요. 의사 선생님은 매일 어떤 일을 하는지."

키요코는 붙임성 좋게 사토리의 소매를 붙잡고 응접실 안으로 끌어당겼다.

"아아, 기다려, 지금……."

사토리가 나를 돌아보았다.

그러자 키요코도 긴 속눈썹으로 덮인 눈을 돌려 흘깃 나를 봤다.

'저 같은 거에 마음 쓰실 필요 없어요, 사토리 도련님…….'

나는 키요코를 여러 번 마주한 적이 있지만 그녀는 아마 나를 다른 하녀들과 구별하지 못할 것이다.

그녀에게 나는 지저분한 개떼에 속한 개 한 마리나 정원의 수많은 조약돌 중 하나와 다를 바 없는 존재.

"어서 저기에서 함께 차 마셔요. 제가 영국산 홍차를 가지고 왔답니다."

나는 조용히 고개 숙여 인사한 뒤 발길을 돌렸다.

툇마루에서 부엌으로 이어지는 복도를 도망치듯 지나왔다.

「네네, 오늘은 소리를 내도 괜찮겠구나.」

비가 오는 밤이면 큰주인 나리는 언제나 그렇게 말했다.

「이 비가 네년의 음탕한 목소리를 감쪽같이 씻어줄 테니. 네년의 본성을 빗물에 흘려 보내줄 게다.」

「아… 아아…….」

나의 양쪽 손목은 묶여 있었다.

손목을 묶은 밧줄은 높은 교창에 동여매어져 있다.

기모노는 상반신만 벗겨진 채 허리끈에 걸쳐져 있었다.

「비 오는 날에만 할 수 있는 걸 하자꾸나.」

큰주인 나리는 되를 손에 집어 들었다.

되 안에는 볶은 콩이 가득 담겨 있었다.

그렇다, 그날은 입춘 전날.

일 년 열두 달을 상징하는 열두 알의 볶은 콩을 뿌려 잡귀를 쫓는 행사가 있던 날이다.

되에 담긴 콩은 내가 이곳의 가족들을 위해 저녁에 넉넉히 볶아둔 것이었다.

「다리를 벌리고 힘을 빼라.」

큰주인 나리는 내 앞 바닥에 무릎을 꿇고 앉아 콩을 한 알 집었다.

손가락이 나의 은밀한 곳 사이를 비집고 들어온다.

「싫… 어요…….」

콩이 나의 갈라진 틈에 끼워졌다.

곧이어 두꺼운 손가락과 딱딱한 콩알의 감촉이 점막으로 깊이 밀고 들어온다.

상반되는 두개의 촉감에 허리가 움찔거린다.

「벌써 느끼고 있는 게냐.」

슬며시 다가온 손가락이 콩을 땅에 심듯 점막을 꾹 누르며 비빈다.

「아, 하앗……!」

그리고는 손가락만 빠져나간다.

「몇 알이나 넣어볼까.」

축축한 내부의 땅에 콩이 또 한 알 심긴다.

콩의 감촉이 몸 속 깊숙한 곳에 밀착된다.

동시에 손가락이 다시 뜨거운 내부 통로를 매만지며 스친다.

「아아, 이런 것… 싫습, 니다…….」

「네년의 그 괴로워하는 목소리가 아주 날 미치게 만들지. 더 많이 들려다오.」

다섯 알, 열 알, 열다섯 알—

다 셀 수 없을 만큼 많은 콩이 저릿저릿한 황홀함을 선사하며 심겼다.

—단 한 알도 떨어뜨려선 안 된다.

은밀한 내부로 향하는 통로를 조금씩 넓혀가는 이물 무더기에 마지막 한 알이 푹 하고 더해진다.

「아아아앗…….」

「이렇게나 많이 들어갈 줄이야. 사토리의 나이보다 더 많은 개수의 콩이 들어갔구나. 맛있느냐? 제대로 그 맛을 느끼고 있느냐?」

움칠대는 입구에서 당장에라도 쏟아져 내릴 것 같은 콩알들을 가두듯이 큰주인 나리는 은밀한 틈에 손바닥을 맞대 콩들의 탈출구를 닫았다.

손바닥은 그대로 천천히 원을 그린다.

「아아아앗, 안 돼……!」

은밀한 내부를 가득 채운 콩들이 나의 안에서 이리저리로 꿈실거리기 시작한다.

다르륵다르륵……. 콩이 맞닿으며 스치는 소리가 점점 끈기를 띤다.

「네가 볶아준 콩도 아주 맛이 좋았지만 네 꿀에 버무린 콩은 더욱 맛이 좋겠지.」

히죽거리던 큰주인 나리가 갈라진 틈새 가까이로 입을 가져온다.

미지근한 입술이 끈적끈적하게 은밀한 곳의 살갗을 뒤덮는다.

「아앗!」

콩알로 가득 찬 내부에 두꺼운 혀가 침투해 왔다.

비밀스러운 내부로 깊이 파고든 혀끝이 이번에는 내부에 가득 찬 콩알을 굴려 제 입속으로 가져가려고 한다.

「스스로 빼내 보거라. 자, 여기에 힘을 주고.」

「싫… 어… 아아아…….」

「낳아라. 이 입안에.」

큰주인 나리가 콩을 씹는다.

「오오, 맛있군. 이 짭조름하고 시큼한 맛은 네년에게서만 나올 수 있는 맛이로구나. 게다가 씹기 적당하게 졸깃해졌어. 이건 또 무엇이더냐?」

「싫습니다, 싫어요……!」

혀가 또 입맛을 다시며 구부러진다.

아랫부분이 실룩이며 저절로 경련한다.

은밀한 내부에서는 콩알 무더기가 움직이며 점막을 자극해 온다.

「아, 아……!」

「전부 남김없이 토해내거라. 자, 아아, 또 입 속으로 굴러 들어왔군. 잘한다, 착하기도 하지.」

따르륵따르륵—

큰주인 나리가 쩝쩝거리며 콩을 씹는 소리가 끊임없이 울려 퍼진다.

씹는 틈틈이 콩 조각을 묻힌 혀가 은밀한 틈새에서부터 붉은 돌기까지 할짝할짝 핥아온다.

「아아, 이제, 이런 것은…….」

나는 울면서 몸을 비틀었다.

하지만 동시에—

그 혀의 움직임에 어느덧 모든 감각을 내맡기기 시작했다.

아래 틈새 사이로 콩이 한 알씩 빠져나갈 때마다 살이 허전함을 느끼게 되었다.

「네년의 이곳은 탐욕스러워. 이번에는 이몸의 혀를 원하고 있지 않느냐.」

「아아, 아아…….」

손목의 묶인 통증도 이제는 어찌 되든 상관없다.

콩은 몇 알이나 더 남았을까?

전부 다 꺼내면 이 혀가 더 깊숙이 들어와 줄까?

「빼내라. 네 몸에 남아 있는 여분까지 모조리.」

「네, 네… 빼내겠습니다, 빼내겠…….」

나의 몸은 힘을 주어 중심부에 가득 품고 있던 것을 전부 밀어내려 애쓴다.

마치 굶주린 개처럼, 원하는 걸 얻을 수만 있다면 나를 우롱하는 것에도 고분고분하게 따르는 것이다.

갈라진 틈새로 혀가 깊숙이 들어왔다.

「하아아아앗……!」

폐에서 한심스러운 비명이 터져 나온다.

「기운 내거라, 이대로 이몸의 혀로 절정까지 가거라.」

「네, 네……!」

교창에 묶인 밧줄이 삐걱삐걱 소리를 울린다.

나는 격렬하게 허리를 흔들며 스스로 절정으로 향했다—

* * *

"큰마님께 차만 가져다드리면 될 걸 왜 이렇게 오래 걸렸어?"

"사토리 도련님이 귀가하시고 키요코님도 방문하셨거든. 저녁 식사는 스키야키로 변경이야."

"아, 죄송해요."

급하게 토방의 수돗가로 가 배추를 씻었다.

부엌은 갑작스러운 메뉴 변경에, 사토리를 위한 술상 준비, 거기에 키요코가 가져온 홍차까지 우려내느라 분주했다.

"홍차같이 멋들어진 걸 들고 와봤자 말이야. 이건 대체 뭘 어떻게 하는 거람?"

"서툴게 하면 안 돼. 그분, 아무래도 사토리 도련님과 결혼하실 모양이라고."

"아아, 역시 그랬구먼?"

"선대 큰주인 나리께서 키요코님의 아버님과 아주 옛날에 나누신 약속이셨다네."

"하이고, 이제부터 이 홍차 같은 걸 우릴 일도 많아지겠네."

씻은 채소를 도마에 올리고 나는 칼을 들었다.

역시 그렇구나, 라고 생각했다.

오늘 그분을 만나 기뻤던 내 마음.

그분이 날 바라봐 주자 찾아온 설렘.

큰마님의 병세를 알고 미간을 찌푸리던 그분의 괴로운 표정에 내가 힘이 되고 싶다고 생각했던 것 모두가……

그저 우습고 꼴사나울 뿐.

그분과 큰마님을 오랜 시간 배신해 온 하녀 주제에—

"파가 모자라네. 네네, 텃밭에 가서 좀 뽑아 오렴."

"네."

나는 칼을 내려놓고 부엌문을 지나 뜰로 나갔다. 그리고 뜰 한구석에 마련된 다섯 평 정도의 텃밭으로 향했다.

비는 이미 그쳐 있었다.

맥이 빠진다.

계속해서 내리던 부슬비는 사토리가 돌아오고 키요코가 방문하자마자 싹 개었다.

이슬을 머금은 풀과 나무들이 저녁 무렵의 햇살에 희미한 붉은 빛을 내고 있었다.

3화
음미(淫奢)한 잔물결

"물건 사러 나가는 길에 네네를 데려가시겠다고요?"

아침상을 치우고 가족들이 거실로 나왔을 때였다.

미간에 주름을 찌푸린 시즈가 힐끗 나를 쏘아봤다.

"동행할 하인은 얼마든지 있어요. 네네는 집안일을 해야하고요."

"이 아이는 늘 집에서 어머니를 보살펴 드리잖아요."

사토리는 온화하지만 조금 무뚝뚝하게 형수를 대한다.

"가끔은 기분전환을 시켜주고 싶어요. 지금껏 명절이나 연말 휴가도 받은 적이 없으니까."

"사토리 도련님, 하인한테 뭘 그리 신경 쓰세요? 간만에 돌아온 도련님께—"

"뭐, 괜찮지 않을까?"

슈이치가 차를 마시며 말참견했다.

"확실히 요새 네네가 집밖에 나갈 일이 없었어. 가끔 바깥 공기를 쐬게 해주는 것도 좋겠지."

아내와 눈을 마주치지 않고 말하는 슈이치를 보며 시즈가 아까보다 더 미간을 찌푸린다.

"잘 됐다. 형이 허락해 줬으니."

사토리가 나를 향해 미소 짓는다.

"네네, 이따가 나와 니혼바시로 동행해 줘."

"하지만, 그……."

나는 거실 입구에 무릎을 꿇고 앉은 채로 대답을 망설였다.

시즈의 눈을 의식해서만이 아니다.

내가 해야만 하는 일은 역시—

"큰마님의 시중을 드는 제가 큰마님 곁을 떠날 수는……."

"실제로 어머님은 십육 년이나 곁에 둔 이 아이가 없으면 불안해서 한바탕 소동을 일으키신답니다. 다른 자들은 어쩌지도 못해요."

"소동이라니, 어떻기에요?"

"말 그대로 소동이죠. 사토리 도련님도 곧 알게 되실 거예요."

시즈의 말에는 '집 밖에서 자기 마음대로 살고 있는 사람이 집안사람들의 고생도 모르고 제멋대로 말하지 말라'는 비난이 깃들어 있었다.

"당신도 그렇게 즉흥적으로 허락하지 마세요. 집안일은 내가 다 맡고 있으니까요."

"알았어. 그러지."

슈이치가 찻잔을 내려놓고 씁쓸하게 웃으며 일어났다.

슬슬 가게 문을 열 시간이었다.

슈이치가 거실을 나간 뒤 사토리가 나에게 무슨 말인가를 걸었지만,

"그만… 부엌으로 돌아가겠습니다."

서둘러 밥통을 챙겨 복도로 나왔다.

바쁜 걸음으로 부엌으로 향했다.

심장 고동이 빠르다.

그렇게 날 신경 써주지 않아도 되는데.

사토리 도련님과 니혼바시에 함께 가다니…….

"네네, 설거지 다하면 바느질 좀 해줘야겠어. 이치로 아기씨가 포렴이랑 방석을 온통 더럽혀 놨지 뭐야."

부엌으로 돌아오자마자 하녀들 중 대장격인 토미가 지시한다.

"네."

토방에 웅크리고 앉아 수도꼭지를 틀었다.

빈 밥통에 고여 가는 물이 살살 흔들리며 내 얼굴을 비춘다.

뺨이 뜨겁다.

분수를 생각해야지, 네네.

그리고, 한낮이 지났을 때 뒷문 앞에 다시 마차가 멈춰 섰다.

오전에 사토리가 마차를 타고 시내에 물건을 사러 나간 지 얼마 되지도 않았는데.

손님인가?

수선하던 포렴을 옆으로 치우고 툇마루에서 일어섰다. 그러자,

"네네!"

발소리를 울리며 사토리가 응접실로 뛰어들었다.

"사토리 도련님, 벌써 돌아오셨어요?"

외출한 지 아직 두 시간도 안 됐는데.

"네네, 도와줬으면 하는 일이 있어."

사토리는 들뜬 웃음을 지으며 가슴에 품은 종이 포장을 풀어 보였다.

"달리아의 구근이야. 어머니 침실에서 잘 보이는 곳에 함께 심어줬으면 해."

사박사박―

안뜰 화단의 흙을 사토리가 모종삽으로 파내기 시작했다.

"달리아를 본 적 있니? 일본에 들어온 지 아직 얼마 안 된 꽃이야. 일본에서는 『천축모란』이라고도 하지."

"천축… 모란……. 이걸 사러 다녀오셨나요?"

"시내에 나가야 살 수 있는 품종이라 말이야. 뭐, 미츠코시 상점에서 네게 빗이라도 하나 사다 주고 싶기도 했고."

사토리가 아무렇지 않게 상냥한 말을 내뱉자 내 귀가 또 뜨거워진다.

화단에 다섯 개의 구덩이가 생겼다. 사토리가 구덩이에 구근을 하나씩 채워 넣는다.

"십 센티 정도 흙을 덮으면 된대. 하얀색, 연분홍색, 주홍색. 전부 풍성한 꽃을 피울 거야. 어머니는 꽃을 좋아하시니 분명 기뻐하실 거야."

"그러실 것 같아요……."

사토리의 곁에서 나도 구근에 흙을 덮었다.

이 꽃이 언제 필지는 묻지 못했다.

큰마님의 병세는 나날이 악화되고 있다.

꽃을 보고 미소 지을 일이 앞으로 몇 번이나 있을지.

큰마님의 병세가 정말 심할 때의 모습을 사토리는 아직 모른다.

"실은 독일로 유학을 가게 됐어."

구덩이를 채운 흙을 완만하게 다듬으며 사토리가 조용히

말했다.

"……네?"

"올 시월부터야. 떠나면 사 년은 돌아오지 못할 거야."

내 손이 멈췄다.

"사 년……."

"정부에서 직접 내려온 이야기야. 영광이지. 이번엔 그 얘기를 전할 겸 집에 돌아왔어."

"굉장히 명예로운… 이야기네요. 큰마님과 슈이치 도련님께서 매우 기뻐하시겠어요."

"형과 어머니껜 아직 말씀드리지 않았어. 얘기할 때 하나 더 허락받고 싶은 게 있거든."

"그게 뭐죠?"

흙바닥에 올린 내 손에 갑자기 사토리가 손을 얹었다.

"사토리 도련님……?"

"네네, 지금까지 몇 번이나 들어왔던 혼담을 모두 거절했다고 하던데."

"무슨 말씀을……?"

"왜 그런 거지?"

사토리가 나를 똑바로 바라보고 있다.

"누구 마음에 품은 사람이라도 있는 거야?"

"마음에 품은… 사람……."

나는 사토리에게서 시선을 피했다.

"네네. 나도 내 위치를 잘 알아. 솔직한 마음을 털어놓는 게 때로 상대방에겐 명령처럼 들린다는 것도 알고 있어."

"…사토리 도련님."

"그래도 이것만은 가르쳐 줘. 네게는 마음을 정한 사람이 있니?"

그는 흙투성이가 된 나의 손을 꼭 잡았다.

반사적으로 몸이 굳었다.

거칠거칠한 감촉 속에 사토리의 손의 온기가 피부에 스며든다.

그 따스함이 내게는 너무도 달콤해서—

너무도 애달파서—

그러나 동시에 아프게 붙들린 손에서 되살아나는 기억.

이미 어쩔 도리 없이 내 피부 아래 각인되어 있는 그것은—

사토리 도련님…….

그만두세요…….

저는 당신이 친절하게 대하실 만한 여자가 아니에요.

지금도 이 몸이 제멋대로…….

당신의 손에…….

한심해빠진 내 몸이—

"내가 널 곤란하게 만들고 있구나. 그저 하나만 묻고 싶을 뿐이야. 네게는—"

"그만해 주세요……. 제발."

나는 고개를 숙이며 그렇게 답했다, 그게 고작이었다.

얼굴을 보이고 싶지 않아.

내 얼굴을 통해 마음이 들킬까 두려워.

몸속에 묻어둔 불덩어리가 점점 거세게 불꽃을 내뿜는다.

경망스럽게, 피부에 드러날 정도로 음미하게―

"네네, 답해주지 않을 거니?"

사토리의 손은 나를 떠나지 않는다.

억지로 잡힌 손이 옛 나날들의 기억 속으로 나를 되돌린다.

강한 힘에 복종하던 몸의 기억이 되살아난다.

"날 봐줘, 네네."

명령―

「날 보거라, 네네.」

"아……."

목이 신음과 같은 소리를 흘린다.

"사토리… 도련님… 저는……."

붙잡힌 손에서 음미한 잔물결이 퍼져 나간다.

살갗 아래에서 뜨거운 통증이 술렁이기 시작한다.

"저는… 평생 결혼은……."

몸이 이성을 배반하고 안에 열을 담기 시작한다.

이분은 달라.

큰주인 나리와는 다른 분이야.

하지만 강한 이 손이, 온기를 머금은 이 손이 나를 사로잡고 떠나지 않는다.

'하아… 아아…….'

호흡이 빨라진다.

허벅지 사이에 찌르는 듯한 통증이 고여간다.

더 이상 못 참겠어—

"날 보라고 하잖아."

거듭된 말에 나는 흠칫 고개를 들었다.

눈과 눈이 마주친 순간 사토리의 눈동자가 조금 멈칫한 걸 알 수 있었다.

"아……."

"왜 그렇게 겁먹은 눈으로 나를 보는 거지?"

"저… 저는……."

사토리의 손에 힘이 들어간다.

"네네, 내 마음은……."

얼굴이 슬며시 가까워진다.

아니—

내가 먼저 다가간 것인지도 모른다.

내가 유혹을 해서 당신을 이렇게 만들고 있는 걸까.

「원하는 게로구나. 네년의 그 야릇한 눈동자가 이몸을 참을 수 없이 매혹해.」

서로의 호흡이 섞일 만큼 가까이에서 사토리의 눈이 나를 바라본다.

지금껏 본 적 없는 진지한 눈빛.

뜨거운 무언가가 글썽이는 그윽한 눈.

그것은 남자의 눈이다―

남자가 여자를 바라볼 때에만 비치는 욕망을 지닌 눈―

"안 돼……."

당신은 달라.

나를 그런 눈으로 봐선 안 돼.

당신만은―

"뭐가 안 되지?"

그의 숨결이 고요히 내 볼을 어루만진다.

"네가 두려워하는 것에서부터 내가 널 지키고 싶어."

아아… 갖고 싶어…….

내 몸은 끔찍할 정도로 당신을 원해요.

"네네―"

입술과 입술이 겹쳐지려고 한다.

그때―

쨍그랑―!

집 안에서 무언가 깨지는 소리가 났다.

우리는 벌떡 일어섰다.

"큰마님……."

"어머니……?"

사토리가 큰마님의 방으로 달려갔다.

"큰마님!"

"어머님!"

곧바로 시즈와 다른 하인도 몰려왔다.

나도 큰마님의 방으로 뛰어갔다.

"꺄아아악, 큰마님!"

사토리가 연 미닫이문 뒤에서 하녀들이 비명을 질렀다.

나는 그들의 등을 헤치고 방으로 들어갔다.

방바닥에 단지가 산산이 부서져 있다.

사방으로 흩어진 파편 속에 큰마님이 몸을 웅크리고 있다.

"왜 그러세요!"

달려가 좁은 등을 붙들어 안았다.

내 손은 곧장 뿌리쳐진다.

"그 사람은 어디에 있어!"

큰마님이 도깨비 같은 형상으로 고함을 친다.

"날 만지지 마! 그 사람은 어디 있어! 없잖아! 날 배신하고
또 다른 여자에게 갔어―!"

나는 다시 그 어깨를 붙든다.

"움직이지 마세요. 다치세요!"

큰마님은 손에 단지의 파편을 쥐고 있었다. 손바닥에서 피가 떨어진다.

"가까이 오지 마! 그 사람은, 그 사람은 어디 있어!"

큰마님이 내리친 손이 내 얼굴을 스쳤다.

날카로운 통증이 뺨에 퍼진다.

"어머니!"

사토리가 달려들어 큰마님의 손을 붙들었다.

"어머니, 정신 차리세요!"

"시끄러워, 시끄러워! 네놈은 누구냐, 왜 내가 모르는 자가 이 집에 있어!"

"어머니······!"

큰마님의 손을 붙든 사토리는 망연자실했다. 믿을 수 없는 것을 본 사람처럼.

"어머니, 어떻게 되신 거예요. 저예요, 사토리예요. 네, 어머니?"

"이거 놔! 날 가두지 마, 아아아악!"

"토미, 파편을 청소해요."

복도에서 시즈가 침착하게 말했다.

"카츠는 끓인 물을 가져와요. 네네, 어머님께 약을 먹여 드리렴."

"네."

언제나처럼 나는 착란을 일으킨 큰마님의 등을 쓸며 '자, 자리에 드세요'라고 말을 걸었다.

"네네, 너니? 네가 거기 있는 거니?"

"그럼요, 네네예요. 자, 큰마님."

내 얼굴을 찬찬히 살피던 큰마님이 겨우 흥분을 가라앉히고 있다.

"그 사람은… 그 사람은……."

"큰주인 나리는 곧 이리로 오실 거예요. 괜찮아요. 큰마님이 잠드시면 큰주인 나리도 안심하실 거예요."

"아아, 아아아……."

"자, 이리 오세요."

다른 하인의 도움을 받아 큰마님을 이부자리까지 부축했다.

우리가 담담하게 일을 진행하는 모습을 사토리는 멍하니 바라보고 있다.

그리고 또 하나—

사토리의 등 뒤에서 그와 마찬가지로 두 눈을 크게 뜨고 이쪽을 바라보는 족자 속 호랑이도—

지배자의 위압을 내보이며 나를 노려보고 있었다.

4화
흘러넘치는 욕정

"어찌나 분주한지."

하인들을 위해 지은 보리밥과 된장국을 급히 먹으며 토미가 투덜거렸다.

"큰마님이 입원을 하시니 마시니 하는 소란이 진정되니 이젠 또 사토리 도련님의 이사네. 우리가 쉴 틈이 없다고."

"사토리 도련님은 자상한 분이니까."

카츠도 단무지를 씹으며 대답한다.

"큰마님을 자기가 근무하는 병원에 모시려다가, 그보다 자기가 집으로 들어오는 게 좋겠다고 결심하신 게야."

"유학가실 날까지 오 개월 남았다지. 그 마음을 모를 것도 아니긴 해."

"떠나면 사 년 동안은 그쪽에 계실 텐데 그동안 큰마님이 잘 버텨주실지."

나는 아궁이 앞에서 큰마님께 드릴 죽을 쑤며 무심결에 그 대화를 듣고 있었다.

큰마님이 지난 번 발작을 일으킨 지 일주일이 지났다.

큰마님이 착란을 일으킨 모습을 목격한 바로 다음 날, 사토리는 다니던 병원 가까이에 있던 하숙집을 나와 집으로 이사해 왔다.

그 이래로 사토리와는 말을 섞지 않았다.

그가 먼저 말을 걸어오면 언제나 내 쪽에서 도망쳤다.

어서 잊어주면 좋을 것을.

어차피 남자의 일시적인 감정에 불과한 것이었을 테니—

"사토리 도련님이 돌아오신 게 큰마님 때문만은 아니라나 봐."

유모로 일하는 카요(加代)가 젓가락을 흔들며 이야기에 끼어든다.

"아무래도 사쿠라기댁 아가씨와의 혼담이 본격적으로 진행될 모양이야."

"키요코님과 말이지? 흐응."

"오늘 아침 주인어른과 마님이 그런 얘기를 나누시더라고. 아마도 그쪽이 더 조급해하는 모양이야."

"아아, 유학 전에 모양새를 갖춰두려는 셈이구먼."

"근데 우리 마님도 기가 센 분이지만 그분은 한층 더 대단한가 보더라고."

"유복한 날실 무역회사의 따님인 걸. 뭐든 제멋대로 할 수 있게 키웠겠지."

"쉿."

그때, 복도에서 발소리가 들려 모두가 일제히 소문 이야기를 멈췄다.

"실례해요."

문이 열리자,

"히익, 주인어른!"

모두가 당황해 밥공기를 내려놓고 마루에 손을 모아 절했다.

문 앞에 서 있던 것은 평소 부엌에 드나들지 않는 슈이치였다.

나도 아주머니들 뒤에서 무릎을 모으고 머리를 숙였다.

"식사 중에 미안하네. 갑작스럽지만 내일 사쿠라기님께서 오시게 됐어. 그래서 토미 자네가 지금 시즈와 함께 장을 보러 가줬으면 해."

"음식 대접을 위해 말씀이시군요. 잘 알겠습니다."

"시즈는 벌써 준비하고 있네. 그리고."

"네, 저도 어서 이치로 아기씨께 가겠습니다."

토미에 이어 카요도 일어섰다.

슈이치는 '고맙네' 하며 고개를 끄덕하고 내게 눈을 돌렸다.

"그건 어머니께 가져다드릴 점심 식사니?"

"네, 이제 가져다드릴 참이에요."

"나도 함께 가자꾸나."

그렇게 말하고 슈이치는 문에 서서 내가 준비를 마치기를 기다렸다.

좀처럼 없는 일에 당혹감을 느끼면서도 나는 서둘러 냄비 안 죽을 주발로 옮겨 담았다.

복도를 걷는 슈이치의 뒤를 밥상을 들고 따랐다.

툇마루로 나가자 오후의 햇볕이 밝게 뜰을 비추고 있다.

"어머니는 요즘 식사를 제대로 들고 계시니?"

"아뇨, 요즘에는 거의 남기기만 하세요."

"그렇구나……."

슈이치가 갑자기 뜰을 보며 멈춰 섰다.

"너한테 고생을 많이 시키고 있구나."

"네? 아닙니다……."

"이미 하인들 귀에도 들어갔겠지만 사토리와 사쿠라기 씨 따님과의 혼담이 결정될 것 같아."

뜰을 바라보는 슈이치의 안경에 햇살이 반사됐다.

"네, 경사스러운 일이에요."

"넌 이 혼담을 어떻게 생각하니?"

갑작스레 날아든 질문에 적당한 답이 떠오르지 않았다.

"저야 따로 생각하고 말고 할 것도……. 그저 축하드릴 뿐이에요."

"너도 벌써 십육 년째 우리 집에서 일해주고 있지. 네가 처음 왔던 때 생각나니?"

안경 뒤로 감춰진 눈이 먼 곳을 보듯 가늘어진다.

"처음 우리 집에 왔을 때 넌 빼빼 마르고 말이 없는 소녀였지."

"네……. 아무것도 모르는 제게 슈이치 도련님이 계산을, 사토리 도련님이 읽고 쓰는 법을 가르쳐 주셨어요."

슈이치의 뒤에서 자리를 지키던 내 가슴속에도 그때 일들이 떠올랐다.

아직까지도 분명히 기억한다. 두 형제가 나를 여동생처럼 귀여워해 주었던 일을.

하녀인 나를 때로는 축제에 데려가 주기도 했다.

책을 선물해 주기도, 자전거 뒤에 태워주기도 했다.

짧지만 행복한 나날들이었다.

그랬던 내가 두 형제와 거리를 두게 된 것은 열한 살 때.

큰주인 나리의 노리갯감이 되면서부터—

"그때 여덟 살이던 네가 이제 스물네 살이 되고, 열여섯 살이던 난 서른두 살이 됐어."

"훌륭한 당주님이 되셨어요."

"넌 머리가 좋으니 지금 우리 집 재정이 그때보다 훨씬 기울었다는 걸 이미 알고 있겠구나."

"아뇨, 전 그런 내용은……."

"괜찮아. 그저 내 능력이 부족할 뿐이지."

슈이치는 팔짱을 끼고 앉아 담담하게 뜰을 바라본다.

나도 똑같이 뜰을 바라봤다.

슈이치가 말한 대로다.

시대의 흐름은 포목점들에게 유독 혹독한 것이었다.

미츠이 포목점은 칠 년 전 미츠코시 포목점으로 이름을 바꾸며 가게의 백화점화를 선언, 백화점의 길을 걷기 시작했다.

곧 창업 이백오십 주년을 맞는 유서 깊은 시로키야도 이십오 년 전 포목점 중 가장 먼저 양복을 팔기 시작하며 판매고를 올리는 데 힘을 쏟고 있다.

새로운 시선과 지혜를 동원하지 않으면 이제 포목점들은 살아남기 힘든 상황이다.

"아버지가 날실 무역회사를 크게 일으킨 사쿠라기 씨 댁 자제와의 결혼을 염두에 둔 건 양복과 해외 제품으로 판로를 넓히기 위해서였어."

다시 혼담 이야기로 돌아온 화제에 나는 작게 '네' 하고 대답했다.

"사토리도 그걸 잘 알고 있지. 아버지가 바라던 대로 하면 어머니가 안심하실 거란 것도."

"더없는 혼담이라고 생각해요. 두 분은 어릴 때 남매처럼 사이좋게 지내셨다고 들었어요."

"정말 그렇게 생각해?"

갑작스런 질문에 나는 무심코 슈이치를 봤다.

슈이치의 눈은 정색을 하고 나를 향했다.

"나는 너만 괜찮다면 네가 계속 우리 집에 있어주었으면 해. 하지만 혹시 어머니 때문에 마음이 쓰여서라면……."

"무슨 말씀을… 하고 싶으신 건가요?"

"무리해서 이 집에 있을 필요는 없어. 키요코 씨를 신부로 맞을 사토리를 보는 게 괴롭다면—"

들려온 말에 놀라 순간 숨이 멎는 것 같았다.

"무슨 말씀이신지 잘……."

"속일 생각 마, 네네."

목이 막혔다.

"어머니를 위해 희생할 필요는 없어. 넌 언제라도 자유로워질 수 있는 몸이야."

"……."

'희생'이란 단어가 가슴을 찌른다.

희생… 이제 와서 그런 말로 내가 해온 일을 부를 수 있을까?

지금도 나는 내 운명에 따르려는 것뿐이다.

큰주인 나리에게 스스로 복종했던 과거를 보상하고자 할 뿐이다.

"네게 그럴 의사가 있다면 사토리의 혼담을 마무리한 뒤에 네가 시집갈 만한 곳도 찾아볼까 해."

"괜찮아요. 전 큰마님의 시중을 들고 싶습니다."

"네겐 네 인생을 자유롭게 선택할 권리가 있어."

나는 거세게 고개를 가로저었다.

"이대로 이곳에 있게 해주시면……."

슈이치가 어깨를 들썩이며 한숨을 내뱉고는 씁쓸한 미소를 짓는다.

"넌 여전히 외고집에 네 생각을 말하지 않는구나."

"지금 한 말이 제 본심이에요."

"이 이야기는 다음에 시간이 날 때 다시 하자."

다시금 슈이치가 걷는다.

'네……' 하고 대답하며 나도 뒤를 따랐다.

속이는 거라 해도 상관없어. 평생 속이면 될 테니—

방에 도착해 미닫이문을 열었을 때,

"아……."

나의 다리가 굳었다.

"뭐야, 너도 있었구나."

"응… 어머니 상태를 살피러……."

나를 보고 사토리도 약간 얼굴을 굳힌다.

사토리와 나는 잠드신 큰마님을 사이에 두고 마주하고 있었다.

슈이치는 사토리가 있는 걸 보고 바로 '어머니 식사는 너희들에게 맡길게'라며 방을 나섰다.

이번 일주일 동안 급작스런 이사와 마음고생에 지쳤는지 사토리의 얼굴이 조금 야위어 보였다.

방 안에는 계속 침묵이 흐른다.

나도 그저 지그시 양손을 무릎 위에 모으고 앉아 있었다.

어색하게 시간만이 흐른다.

큰마님이 깨어나실 기색은 아직 보이지 않는다.

의사가 점점 강한 약을 처방해, 요즘 큰마님은 오랜 시간 잠들어 계신다.

안정되어 계실 때는 짧은 시간이나마 나와 웃고 대화를 나누기도 하신다.

하지만 언제 또 그런 발작이 일어날지는—

그저 지켜보는 수밖에 없다.

"네네, 잠깐 뜰로 나갈까?"

조용히 사토리가 말한다.

"아뇨, 전 여기에……."

"시간을 빼앗진 않을게. 너와 단둘이 이야기가 하고 싶어."

사토리는 말을 마치자마자 일어나 안뜰로 향하는 미닫이 문을 열었다.

"……네."

나도 따라 일어설 수밖에 없었다.

나막신 소리를 내며 뜰을 걷는 사토리의 뒤를 따른다.

앞서 걷던 그의 등이 뜰의 한구석에 선 작은 헛간 앞에 멈춰 선다.

"이 헛간이 아직도 있네."

나무껍질이 벗겨진 문에 손을 대며 사토리가 그리운 듯이 말했다.

이 헛간에는 주로 사토리 형제의 자전거나 대나무 말 같은 놀이 도구를 넣어두곤 했다.

하지만 큰주인 나리가 돌아가신 뒤에는 헛간 안을 채웠던 장난감도 대부분이 처분됐다.

"어릴 때 아버지에게 혼이 나면 여기에 갇혀 있을 때도 있었지."

문이 열렸다.

헛간 안은 휑하고 어두침침했다. 또 먼지와 곰팡이 냄새가 가득했다.

사토리가 한 발 안으로 내딛는다.

그리고 어둠 속에서 뒤를 돌아 나를 본다.

"네네."

그의 목소리가 돌연 진지해졌다.

"너에 대한 내 마음은 처음 만났을 때부터 변하지 않았어."

그림자가 드리워진 단정한 얼굴이 똑바로 나를 향한다.

"무슨 말씀을⋯⋯."

"네 마음을 듣기 전에 내가 먼저 정직하게 물어봤어야 했어."

"묻다⋯ 니요⋯⋯?"

"내가 독일에서 돌아올 때까지 기다려 줄 수 있겠냐고."

습한 헛간 공기 중에 목소리가 고요하게 울려 퍼진다.

나는 주먹을 꾹 쥐었다.

"지난번 장난, 저는 신경 쓰지 않아요."

"장난이 아니었어. 하지만 그렇게 생각했다면 네게 상처 준 것 사과할게."

"상처 같은 건."

그렇게 가볍게 웃어 보였을 때,

움찔—

하복부 안쪽이 살그머니 떨렸다.

또—

이분의 곁에 있는 것만으로도—

저 눈동자가 날 바라보는 것만으로도—

몸이 이상해진다. 피부 아래 잠들어 있던 것이 술렁거리기 시작한다—

"널 적당히 대하려 했던 게 아냐."

그래서—

그래서 무슨 말을—

"네네, 눈을 피하지 말아줘."

보지 마—

이상해져 가는 나를, 사토리 도련님, 보지 말아요—

"하찮은 하녀에게 이상한 말씀을 하시네요……."

나는 헛간으로 들어가 사토리의 바로 코앞에 섰다.

"네네……?"

곧바로 온 힘을 다해 사토리의 어깨를 밀쳐냈다. 별안간 밀쳐진 사토리가 밖으로 튕겨 나갔다.

문을 닫았다. 굴러다니던 막대 조각을 빗장 대신 걸었다.

어둠이 내 몸을 감싼다. 곧장 무릎에 힘이 풀렸다.

"네네!"

"열지 말아요! 가세요!"

나는 바닥에 웅크리고 앉아 소리쳤다. 하반신에서 뜨거운 덩어리가 소란을 피운다.

더는 안 돼…….

당신과 마주하는 건 내게 불가능해…….

손을 두 허벅지가 만나는 곳에 대고 누른다.

견딜 수 없어. 욕정이 온몸에 흐르고 있어.

"네네, 대체 왜… 왜 내게서 도망치는 거야."

"도망치는 게 아니에요. 저는 애당초 사토리 도련님과는 관계가 없는 인간입니다……."

치맛자락을 벌리고 피부를 매만진다. 손끝이 자신의 은밀한 곳을 집는다. 정말… 이렇게나…….

골짜기에서부터 넘쳐흐르는 액체가 살갗 주위를 온통 미끈거리게 만들고 있었다.

"네네, 여길 열어줘!"

볼록하게 튀어나온 붉은 꽃술을 검지와 중지로 감싼다.

움찔움찔—

쾌감의 입자가 피부 아래에서 용솟음친다.

—아아, 하아, 하아…….

손가락을 쉬지 않고 움직였다.

멈출 수 없어.

멈출 수 없어—

"네네, 가르쳐 줘. 예전부터 알고 싶었어. 네가 왜 날 피하게 된 건지!"

"제발 부탁이에요, 가세요……!"

흠뻑 젖은 손으로 젖꼭지를 적신 다음 난폭할 정도로 마구 만지작댔다.

큰주인 나리가 언제나 그 혀로 핥아주었던 것처럼.

솟아오른 색욕의 싹을 달콤하고 날카로운 자극으로 녹여버릴 것처럼.

"대체 왜, 왜 넌 웃지 않게 된 거지? 네네, 네네."

문에 이마를 대고 필사적으로 나를 부르는 사토리의 모습이 눈에 선하다.

중지와 약지를 갈라진 틈새 속으로 감추고는 내부로 비집고 들어갔다.

'흐읏… 으으……!'

손가락으로 이곳저곳에 파도를 일으켰다.

철썩— 찰싹—

끈적거리는 소리가 야릇하게 퍼지기 시작한다.

'아아아, 하아앗…….'

나도 모르게 신음이 흘러나올 것 같다.

"사토리 도련님… 저 같은 하녀는 바다에 널린 돌멩이 같은 존재. 장난 상대일 뿐이에요……."

"문을 열어!"

쾅쾅쾅—

사토리가 문을 세차게 두드린다.

나무문에 뺨과 어깨를 맞댄 채 사토리가 만들어내는 충격을 살갗으로 느끼며 나는 연신 손가락을 꼼틀거린다.

골짜기에 넘쳐흐르는 물이 멈추지 않는다.

두 허벅지가 시작되는 지점과 손바닥도 수증기를 내뿜을 듯이 온통 젖어 있다.

"네네, 제발… 대체 왜… 네가 원하는 게 대체 뭐야……."

'아아, 아아…….'

원하는 것… 원하는 것은…….

가장 많이 느끼는 천장 부분을 손가락 안쪽으로 문질렀다.

'흐…… 읏!'

뜨거운 쾌감에 허리가 비틀렸다.

손가락을 더욱더 구부린다.

멈출 수 없어, 멈출 수 없어—

사토리 도련님, 저는 당신이—

"돌아가… 주세요……. 이제 저는… 상관치 마세요……."

"그렇게까지 완강한 이유는 뭐야……. 아무것도 모르겠어. 네네, 난 네게 아무것도 해줄 수 없는 거니……?"

"사토리 도련님……."

'당신이 그곳에 계시는 것만으로도… 저는 행복하고, 또 괴로워요…….'

나는 마치 재촉당하는 사람처럼 손가락의 움직임을 한결 서두른다.

점막을 깊이 파낸다.

'앗, 아아, 아아……!'

내부를 가득 채운 미칠 듯한 절정감이 솟구쳐 오른다.

문에 기댄 몸이 움찔움찔 경련을 일으킨다.

나무문 너머로 신음하는 듯한 사토리의 한숨이 들려온다.

이 문 너머에서도 이런 내 한심해빠진 숨소리가 들리는 것일까.

사토리 도련님, 당신을 느끼면서 이대로… 이대로…….

"네네……."

나를 부르는 사토리의 목소리가 들려오는 순간,

'아아아앗……!'

온몸이 맹렬한 불에 휩싸인다.

이제껏 느껴본 적 없는 무시무시한 절정이 내 몸을 삼킨다.

'하아, 하아…….'

눈물이 뺨을 타고 흐른다.

내부에 손가락을 깊숙이 끼워 넣은 채 나는 소리를 꾹 죽여 울었다.

사토리가 손가락으로 문을 긁는 소리가 헛간 안에 울려 퍼진다.

그의 손가락에 입을 맞추듯이 문에 입 맞췄다.

"안녕, 사토리 도련님……."

어둠 속에서 마지막으로 그 말만을 전했다.

5화
같은 곳을 어루만지며

"집안 분위기가 웬일로 활기차구나. 손님이라도 오시는 게 니?"

숟가락으로 수박을 뜨며 큰마님이 느긋한 말투로 묻는다.

큰마님의 입술에 오늘은 조금 혈색이 돈다. 나는 수건으로 그 입술의 물기를 닦고

"오후에 키요코님이 오신답니다."

며칠 전부터 몇 번이나 한 말을 또다시 한다.

"그러니? 아, 그랬지. 고맙기도 해라, 그렇게 해바라기처럼 밝은 아이가 사토리의 신부가 되어주다니."

키요코의 이름이 나오면 큰마님의 야윈 얼굴엔 언제나 기

쁜 웃음이 번진다.

"주인 나리도 그 아이를 무척 마음에 들어 하셨단다."

"네, 두 분은 참 잘 어울리세요."

이따금 흘리기도 하지만 수박을 손수 입으로 가져가는 큰마님을 지켜보며 나도 웃는다.

사토리와 키요코의 혼담은 며칠 전 사쿠라기 씨의 방문 이후 구체적으로 진행되고 있다.

정식 약혼은 다음 달.

키요코는 사토리가 병원 일을 쉬는 일요일마다 이 집에 와, 시즈에게서 마치가의 풍습을 배우거나 사토리와 둘이서 반나절을 함께 보내곤 한다.

이대로 별일 없이 평온한 나날이 지속되면 된다.

지금까지처럼 큰마님을 보살피며 일할 수만 있다면 내겐 그걸로 충분하다.

그 사이 옛일은 물론 모든 것이 기억에서 희미해질 테니. 분명히…….

"아아, 이제 잠이 오는구나."

숟가락을 든 채로 꾸벅꾸벅 졸기 시작한 큰마님.

큰마님의 이런 평온한 모습도 사토리의 결혼이 정해진 뒤부터 자주 볼 수 있게 되었다.

"그럼 주무십시오."

큰마님의 등을 받쳐 자리에 눕히고 이불을 덮어드렸다.

천진하게 잠든 큰마님의 호흡이 금세 규칙적으로 자리 잡는다.

"필요하신 게 있으시면 종을 울려주세요……."

작게 속삭인 다음 수박 접시를 들고 일어섰다.

이런 날들이 계속되면 좋겠다.

이대로 쭉—

—끼익!

뒷문 앞에 타이어 소리를 내며 차가 멈춰 섰다.

운전수가 뒷좌석의 문을 열자 양장 차림의 키요코가 내려온다.

"어서 와요, 환영해요."

시즈의 뒤에서 토미가 인사하고 동시에 이치로를 업은 카요와 나, 카츠도 고개를 숙였다.

키요코는 우리 따위는 눈에 들어오지도 않는 듯,

"시즈님, 안녕하세요. 이치로도 안녕? 사토리 씨는 지금 어디 있죠?"

"아까 방에서 책을 읽고 계셨던 것 같네요."

시즈가 키요코를 실내로 안내하며 답했다.

"또 어려운 책을 읽고 있겠죠? 날씨가 이렇게 좋은 날에."

"안녕."

그 때 뒷문을 향해 사토리가 현관으로 내려왔다.

"사토리 씨."

드레스 자락을 나풀거리며 키요코가 달려간다.

"이 드레스 좀 봐요. 아버지가 영국에서 지어다주셨어요. 연보라색이 예쁘죠?"

"과연 멋진 드레스군. 비단인가?"

"방에 실례해도 될까요? 읽고 있었다던 책을 내게도 보여 줘요."

나는 현관 바닥에 몸을 굽혀 키요코가 벗은 신발을 정리했다.

"물론. 키요코 씨가 보면 기절할 만한 해부학 책이지만."

"어머, 의사 선생님의 아내가 되는 이상 집에 인체모형을 둘 각오쯤은 되어 있어요."

두 사람이 계단을 올라간다. 시즈도 자기 방으로 돌아갔다.

손님 마중이 끝나 하인들도 부엌으로 돌아가려던 참에,

"그 전에 아주머님께 인사를 드리고 싶은데."

키요코가 계단을 오르던 발걸음을 멈췄다.

"큰마님께서는 지금 쉬고 계십니다."

그 말에 나도 모르게 계단 아래에 서서 말했다.

키요코가 난간 너머에서 나를 본다.

"어머, 그래……."

아름다운 얼굴이 싸늘한 표정을 짓는다.

"편히 쉬고 계시다면 다행이지만."

"아, 그것이……."

실수였다.

무례하게 입을 놀린 모양새가 된 것에 나는 고개를 조아렸다.

"기침하시면 알려 드리겠습니다."

"쉬고 계셔도 상관없다고. 내가 아주머님 방을 찾아뵙는데 네 허락이라도 받아야 한단 말이야?"

키요코가 인형같이 작은 턱을 들고 나에게 질책하듯 따져 묻는다.

이 층에서 사토리가 뒤를 돌아본다.

"키요코 씨, 어머니 방에는 식사 전에 갑시다. 그때는 일어나 계실 테니."

"이 댁은 아랫것들에게도 상냥하군요. 나라면 이런 건방진 하인은 가만 두지 않겠어요."

"죄송… 합니다."

나는 다시금 머리를 조아렸다.

그리고 고개를 들자 사토리와 눈이 마주쳤다.

그의 눈이 무언가 표정을 띠더니 금세 시선을 피한다.

"키요코 씨, 방으로 가지."

키요코는 다시 한 번 나를 쏘아보고는 퉁명스럽게 고개를 돌려 계단을 올라갔다.

부러워…….

진심으로 그런 생각이 들었다.

나라면 좋아하는 사람 앞에서 저렇게 모진 말을 뱉지 못할 테니.

스스로에게 자신이 있는 사람.

사랑받는 것이 당연한 환경에서 살아온 사람.

사토리에게 당당하게 어리광 부릴 수 있고 자신의 모든 면을 인정받는—

"이봐, 당신."

이 층으로 올라간 키요코가 계단에서 다시 뒤를 돌았다.

"네……."

사토리는 이미 방으로 들어가 있었다.

"이따가 방으로 차를 가져와 주겠어?"

"……네."

대답하는 나를 긴 속눈썹을 내리깔아 내려다보고 키요코는 다시 휙 뒤돌았다.

그녀의 불쾌함을 감추려고 들지 않는 표정, 가운데가 살짝 꺼진 날렵한 콧날, 외국 인형처럼 통통한 입술. 모든 것이 매력적이다.

나와는 모든 것이 다른 사람.

지금까지의, 그리고 앞으로의 인생 모두가.

너무나도 높아 보이는 계단을 올려다보고 나는 한쪽 어깨를 흔들며 웃었다.

새삼스레 뭔가 후련한 느낌이 들었다.

키요코가 사토리의 방으로 들어간다. 스윽— 소리를 내며 미닫이문이 닫혔다.

"흐응, 독일이 네덜란드 옆에 있구나."

미닫이문 너머에서 즐거운 듯한 목소리가 들려온다.

"아버지가 날실을 구입하러 자주 네덜란드에 가시는데. 이 젠 나도 따라가야겠네."

"네덜란드에 관심 있어?"

"바보. 당신을 만나러 독일에 가겠다는 얘기예요."

둘이 함께 지도를 들여다보고 있는 모양이다.

미닫이문 사이에 작은 틈새가 열려 있었다.

차를 가져왔습니다. 이렇게 말하면 될 걸 왠지 우물쭈물 하게 된다.

"당신한테 해야 될 말이 하나 있어."

갑자기 사토리의 약간 딱딱한 목소리가 들렸다.

지금껏 들어본 적 없는 그 음색에 나는 불현듯 시선을 문 틈새로 갖다대었다.

다다미 바닥에 앉은 사토리는 창틀에 팔꿈치를 기댄 채 냉 정한 표정으로 키요코를 보고 있다.

"이제부터 우리 집에 올 때는 기모노를 입고 와줬으면 해."

"응······?"

갑작스러운 말에 키요코가 놀라 되묻는다.

"무슨 말이에요?"

"우리 집은 포목점이야. 형은 곧 양복까지 판로를 넓힐 생각을 하는 모양이지만. 그래도 아직은 이 나라의 전통을 생업으로 삼는 가게지."

사토리가 조용조용히 말을 이었다.

"가게가 만들어온 '얼굴'을 순식간에 바꾸고 싶지는 않아. 시간을 들여 신중하게 변화해 가면 좋겠어."

"···알았어요."

키요코는 진지하게 고개를 끄덕였다.

"미안, 내 생각이 모자랐어요. 당신을 만날 때만은 한껏 꾸미고 싶었을 뿐이에요."

키요코는 무릎을 꿇고 앉은 채로 사토리에게 다가가며 거리낌 없이 사과했다.

"어릴 때와 달리 당신의 약혼자가 된 지금은 내 입장도, 책임도 바뀌어야겠죠. 이제부터는 기모노의 장점을 더 공부할게요."

그리고 손을 사토리의 손 위에 올린다.

"그러니까 이 드레스, 사토리 씨가 벗겨줘요."

잠시 흐른 침묵을 깨고 사토리가 쓴웃음을 터뜨렸다.

"무슨 소리야, 갑자기."

"마리 앙투아네트처럼요. 그녀는 프랑스로 시집갈 때 모국 오스트리아의 옷을 전부 벗은 나신을 군중들에게 보였다고 해요."

키요코가 사토리의 손을 자신에게 끌어당긴다.

자신의 손가락에 사토리의 손가락을 휘감아 등에 있는 지퍼로 유혹한다.

"옷은 그 사람의 삶을 내보여요. 내게서 드레스를 빼앗으려면 당신이 벗겨줘야죠."

사토리의 눈이 아이를 바라보듯이 온화해졌다.

"당신은 역시 자유로운 사람이야."

"그래요. 그리고 자유로운 마음으로 당신을 좋아하게 되었어요."

키요코가 스르륵— 지퍼를 내린다.

천이 양 옆으로 벌어지며 희고 연약한 어깨가 드러난다.

창에서 비쳐드는 햇빛을 맞으며 코르셋에 싸인 상반신이 조금씩 드러나기 시작한다.

풍만한 가슴이 골짜기를 그리며 솟아올라 있다.

단아한 곡선이 하복부로 이어진다.

키요코가 손수 드레스를 벗자 그녀의 잘록한 허리와 꽃봉오리처럼 부푼 속바지가 사토리 앞에 모습을 드러냈다.

"날 만져요."

키요코가 이번에는 사토리의 손을 자신의 허리로 인도

한다.

하얗고 보드라운 허벅지, 가느다란 종아리, 작고 매끄러운 발뒤꿈치—

사토리는 말없이 그녀의 허리에 손을 둘렀다.

"기뻐……. 사토리 씨를 이렇게 가까이에서 처음 느껴보네요."

사토리에게 얼굴을 갖다댄 키요코가 요염함과 소녀다움이 뒤섞인 목소리로 속삭였다.

사토리 도련님—

가슴이 답답해져 온다.

가슴에 손을 대고 지그시 눌렀다.

"당신은 지나치게 안심하고 있어. 날 과대평가하는 건지, 과소평가하는 건지."

사토리가 웃었다.

"과대평가……?"

순진하게 고개를 갸웃거리는 키요코를 사토리가 돌연 바닥에 쓰러뜨렸다.

"꺄악……!"

"나는 당신이 생각하는 것보다 절도가 없는 사람이야."

키요코를 덮친 사토리가 그녀의 포동포동한 가슴을 난폭하게 움켜쥐었다.

믿을 수 없는 광경이었다.

하지만 사토리의 표정은 철저히도 냉정하다.

"내가 당신을 숙녀처럼 다룰 거라고 생각했었나? 난 그렇게 못할 사람이란 걸 나도 최근에야 알았어."

"사토리 씨……!"

움켜쥐었던 가슴을 힘주어 주무르며 사토리가 반대편 손으로 코르셋 끈을 풀기 시작했다.

갇혀 있던 가슴이 해방되며 몸에 비해 거대한 가슴이 공기 중에 흘러내린다.

"아앙… 웃… 사토리 씨……. 아아."

풍만한 가슴을 움켜쥐며 사토리가 그곳으로 입술을 갖다 댄다.

다가간 혀가 정맥이 살짝 비치는 가슴을 핥기 시작했다.

"하아앙!"

키요코의 온몸이 여기저기 움찔댄다.

"싫… 어, 아앙… 응… 웃……."

키요코는 낚싯대에 걸린 은어처럼 사토리의 아래에서 이리저리 몸을 비튼다.

사토리는 냉정한 얼굴로 가슴의 둔덕을 천천히 핥으며 오른다.

혀끝이 옅은 연분홍빛 꼭대기를 붙든다.

"아앗……"

혀가 움직이기 시작한다.

타액을 빈틈없이 바르려는 듯 아래위로 젖꼭지를 굴린다.

원을 그리며 유륜을 맴돌 때도 사토리의 냉랭한 표정은 한 치도 변하지 않는다.

"앗, 아, 그런……."

나는 미닫이문 틈새에 온 신경을 집중했다.

그의 봉긋한 광대뼈가 남자다워서,

찌푸린 미간이 괴로워 보여서,

견딜 수 없이 야릇해서—

"하아앗, 사토리… 씨… 아아앗!"

키요코는 아기처럼 양팔을 들어 올리고 사토리가 하는 모든 걸 받아들이며 신음했다.

온몸으로 사토리의 애무를 받아들이고 있다.

사토리 도련님,

사토리 도련님—

겨드랑이에 땀이 맺혔다.

목덜미에도 등에도, 끈끈한 땀이 흥건하게 솟아났다.

미닫이문 틈새 너머 광경에 홀린 채 나는 복도에 쭈그리고 앉았다.

기모노 위로 내 가슴을 문지르기 시작했다.

아아아… 사토리 도련님…….

"아앙, 이런 거… 아아아……. 읏!"

키요코는 창피한 듯 고개를 돌리고 사토리의 아래에서 몸부림친다.

그녀의 손이 사토리의 어깨를 붙잡은 채로 떨렸다.

두 다리가 사토리의 허리를 감싸고 마치 매달리듯 꽉 조였다.

"아아, 하아, 하아……."

사토리는 양손으로 꽉 움켜쥔 가슴을 번갈아가며 빨고, 가끔 젖꼭지를 물기도 하면서 거친 호흡을 내뱉었다.

사토리의 손은 키요코의 하복부로 내려갔다.

기다란 손가락이 속바지 위에서 은밀한 곳을 만지작거리기 시작한다.

"싫엇……!"

키요코가 격렬하게 고개를 저었다.

"싫어어, 안 돼요… 웃……!"

그녀의 목소리는 금세 멈춘다.

사토리가 그녀의 젖꼭지를 깨문다.

"앗, 흐웃!"

"창피해 마. 난 네가 솔직해지길 바랄 뿐이야."

아아―

나는 내 하복부를 세게 눌렀다.

공포와 달콤함, 그리고 애달픈 마음―

사토리를 가까이에서 느꼈을 때의 감각이 괴로울 정도로 바싹 다가왔다.

"아얏, 사토리 씨… 좋아해, 좋아해, 좋아해요……. 웃!"

하지만 내 눈앞에서 그분이 안고 있는 건 모든 걸 가진 아름다운 사람.

그녀가 그분의 애무에 우는 소리를 내며 몸을 온전히 내맡기고 있다.

기모노 옷자락 속에 손을 집어넣었다.

결코 그분에게 만져질 수 없을 이 손으로 스스로의 은밀한 곳을 만지작거렸다.

뜨거운 액체가 금세 손가락을 타고 흘렀다.

사토리 도련님—

어여쁜 그 사람과 달리 음란하고 천박한 나의 몸을 당신에게만은 알리고 싶지 않아요.

지금도—

다른 여인을 사랑하는 당신을 보며 미쳐 가는 몸을 지닌 짐승이 여기 있어요—

6화
농익은 과실

"아아, 아아… 몸이… 이상해져 버릴… 것 같아……."

키요코가 울먹이며 사토리에게 매달린다.

물 한 방울 묻히고 살지 않았을 밀랍 같은 흰 손이 사토리의 볼과 목덜미를 할퀴듯이 어루만졌다.

사토리의 손이 키요코의 속바지 속으로 들어갔다.

하얀 옷감 아래로 그의 손가락이 음란하게 움직이고 있단 걸 알 수 있었다.

"아아아, 사토리 씨……. 읏."

키요코가 가느단 허리를 비튼다.

"젖었잖아……. 이것 봐."

사토리는 손가락을 연신 움직여 댄다.

질퍽, 질퍽—

—아아, 아아……. 웃

어디에서 들려온… 소리였는지…….

손가락으로 끊임없이 문지르는 나의 살 위로 끈적끈적한 액체가 뒤덮였다.

끈끈하게 젖은 보드라운 치모가 손가락을 휘감았다.

당장에라도 녹아버릴 것 같은 이 살을 아무리 문질러대도 만족이 되지 않는다.

사토리 도련님—

어여쁜 그 사람과 달리 음란하고 천박한 나의 몸을 당신에게만은 알리고 싶지 않아요.

지금도—

다른 여인을 사랑하는 당신을 보며 미쳐 가는 몸을 지닌 짐승이 여기 있어요—

"하앗……!"

키요코의 흠칫거리던 온몸이 뒤로 휘었다.

"아, 아, 아……."

그녀는 무서운 것을 보는 듯한 눈으로 사토리를 올려다보며 입술을 떨었다.

그러나 그녀의 손은 그의 어깨를 세게 붙잡고 있다.

"뭐지… 이게… 아, 아, 아아……."

사토리의 팔에 힘이 들어갔다.

키요코를 내려다보는 냉정한 눈동자는 어딘가 방심하고 있는 듯했다.

그래서 그의 손은 마치 욕정만으로 움직이고 있는 것처럼 보였다.

아아, 그런 야릇한 표정을, 당신이 내보일 줄이야…….

몸속에서 또 물컹하고 뜨거운 것이 내려온다.

"굉장해요… 뭐죠, 이게… 사토리 씨, 나……."

키요코의 다리가 오들오들 떨면서도 힘이 풀린 듯 벌어진다.

사토리에게 몸을 내던진 그녀의 허리가 공중으로 높이 떠올랐다.

고조되는 키요코의 강렬한 감정이 나에게도 옮아왔다.

나도 사토리의 손가락과 같은 속도로 욱신대는 가랑이 사이를 어루만졌다.

―질퍽, 질퍽…….

점액이 허벅지 안쪽을 타고 엉덩이까지 뚝뚝 흘러 속곳을 적셨다.

키요코의 은밀한 곳도 지금쯤 분명 마찬가지.

사토리의 손가락 사이에서. 사랑하는 사람의 애무를 받으며.

"사토리 씨… 나… 창피한 모습… 보일 것 같아……!"

울먹이며 그녀가 그렇게 신음했을 때 사토리의 눈에 둔중한 빛이 번득였다.

손으로 그녀의 팔을 제압하고 당장 속바지를 끌어내린다.

"아아아앗, 싫어……!"

허벅지를 비비 꼬며 키요코가 필사적으로 저항을 시도한다.

남자 앞에서 은밀한 곳을 내보이다니. 그녀처럼 고귀한 아가씨에게는 상상도 못할 치욕임에 분명하다.

그러나 사토리는 억지로 속바지를 끌어내렸다.

"하아웃……!"

햇살 아래 땀으로 빛나는 나신이 드러났다.

그녀의 양쪽 허벅지가 사토리의 어깨 위로 높이 걸쳐졌다.

그 중심으로 사토리가 얼굴을 파묻는다.

―아아아앗……!

나의 은밀한 곳에 번개와 같은 충격이 쏠렸다.

사토리가 키요코의 중심부를 핥아댄다.

"아아아……앗!"

그녀가 목이 쉰 비명을 지른다.

"내 앞에서 '싫다'는 말은 두 번 다시 쓰지 마."

나지막하게 말한 사토리가 혀를 다시 위아래로 움직인다.

단정한 옆얼굴로, 냉정하면서 외설스럽게.

이따금 턱을 떨면서.

"나… 날… 어떻게… 하고 있는 거예요……!"

기쁨의 파도가 키요코의 몸속에서 넘실거리기 시작한다.

난 안다.

자신의 의지와는 상관없이 절정으로 도달해 가는 쾌감이 얼마나 달고도 두려운 것인지.

남자에게 정복당하는 희열이 얼마나 미칠 것 같은지.

만약 그것이 사랑하는 사람에게서 받는 것이라면 모든 것을 버려도 상관없다고 생각하게 될지도—

"사토리 씨, 나… 이상해… 지고 있어요… 무서워, 무서워……!"

"그냥 나에게 몸을 맡기면 돼."

사토리의 혀끝이 붉게 충혈된 돌기를 굴린다.

"아아아아아앗!"

키요코가 사토리의 머리카락을 쥐어뜯었다.

같은 곳을 나도 문지르고 있었다. 그러면서 오직 사토리의 옆얼굴만 바라보았다.

자신의 타액과 키요코의 꿀물을 흘리는 그의 혀와 입술도 끈끈하게 빛나고 있다.

스릅, 쯥—

"아, 아, 아……."

이 이상이 없을 정도까지 고조된 키요코는 이제 신음을 내쉬는 것조차 불가능해 보였다.

궁지에 다다른 사람처럼 얼굴을 찡그리고 온몸을 경련시키고 있다.

"사토리… 씨… 아앗… 아아앗……!"

내 몸속에도 저속한 열이 소용돌이쳤다.

하지만… 아아…….

절정에 가 닿을 수 없어…….

이 불꽃을 완전히 태워 버리고 싶은데—

그렇지 못하면 이 정욕은 고통스럽기만 할 뿐.

지옥과 다를 바가 없다—

"아아아아아아……앗!"

마지막 비명이 터져 나왔다. 마치 모든 것을 내팽개치듯이.

"사토리 씨… 아아아……."

녹초가 된 키요코의 하반신에서 사토리가 몸을 일으켰다.

키요코가 거친 숨을 뱉으며 사토리에게 손을 뻗었다.

사토리는 젖은 입술을 손등으로 닦아내고 그녀의 손을 잡았다.

"나… 부끄럽지만… 그래도 행복해요……."

키요코가 눈물을 머금으며 뺨에 사토리의 손을 가져다댔다.

"이런 내 모습을 당신에게 보일 수 있어 기뻐요……."

사토리가 그녀의 위로 몸을 고꾸라뜨렸다.

"사토리 씨, 평생 당신 곁을 떠나지 않을래요……."

"그래……."

하나로 겹쳐진 두 사람이 창으로 비치는 태양광에 아름답게 빛난다.

키요코는 눈물을 흘리며 사토리의 등을 꼭 껴안았다.

아름다운 그 풍경을 바라보며 나의 손가락은 어느덧 움직임을 멈췄다.

몸속에서 아직까지도 음탕한 불이 소용돌이치고 있었다.

끈적끈적한 땀이 뚝뚝 떨어진다.

하지만 머리만은 싸늘하게 가라앉았다.

외롭다―

외롭다고―

분명 오래 전에 버렸을 감정이 마음 속 한가운데서 길 잃은 돌멩이처럼 정처 없이 나뒹군다.

"아유, 피곤해라."

키요코가 돌아간 뒤 거실에서 시즈가 노곤한 듯 어깨를 두드렸다.

"높으신 댁에서 며느리를 맞으려니 손윗동서로서 어떻게 행동해야 좋을지 모르겠어."

"주무시기 전에 등 좀 주물러 드릴까요?"

찻잔과 다과 그릇을 쟁반으로 옮기던 토미가 시즈를 위로

하며 말했다.

"높으신 댁이라지만 그 댁은 메이지 시대에 들어서 권세가 높아졌을 뿐이지, 사오십 년 전엔 그냥 도매상이나 하던 집 아닙니까? 마치야는 욱 대째 대대로 이어온 유서 깊은 가게인걸요."

"이 혼담만 해도 키요코 씨가 사토리 도련님을 더 좋아해서 무사히 추진된 걸세."

"키요코님은 진심으로 사토리 도련님을 연모하시는 모양이에요. 오늘도 시종일관 옆에서 생글생글 웃으시더군요."

"하지만 자유연애도 그리 오래 가진 않는 법이야."

키요코의 립스틱이 묻은 찻잔을 흘깃 보고는 시즈가 코웃음을 쳤다.

"나처럼 부모가 정한 혼담이라도 균형만 잘 잡힌다면 서로 사양할 필요가 없지. 최악의 경우라도 가문을 위한다는 핑계를 대며 체념할 수 있고 말이야."

하인들 앞에서나 슈이치 앞에서나 시즈는 태연히도 이런 말을 입에 담는다. 시즈가 이치로를 안아들며 말했다.

"난 이제 좀 쉴 테니 남편이 목욕을 마치고 나오면 뒷정리를 부탁하네."

"알겠습니다."

나도 쟁반을 들고 토미를 따라 부엌으로 돌아갔다.

토방에 웅크리고 앉아 물을 튼다.

머리가 멍하다.

오늘은 어떻게 일을 한 건지 모를 정도로 계속 온몸이 연무 속에 잠긴 듯한 기분이다.

서서 움직일 때는 괜찮다.

하지만 이렇게 허리를 굽히면 하복부에 뭉친 열이 다시 소란스레 꿈실거리는 것이다.

머릿속에서 낮에 본 사토리와 키요코의 팔과 다리들이 움직이던 모습이 자꾸만 떠오른다—

"네네, 뭘 꾸물거리고 있어. 얼른 끝마쳐."

토미가 꾸짖는 소리가 들렸다.

"네……."

찻잔을 쥔 채로 물 속에 손을 담갔다.

이 차가움을 느끼고 있는 것이 정말로 내 손일까…….

뜨거워…….

몸속이 화끈거려 견딜 수가 없어…….

"그럼 난 이제 마님의 시중을 들러 간다. 카츠랑 다른 사람들은 거실 청소가 끝나면 그만 쉬어도 좋아."

"네네, 뒷정리 부탁해."

모두 잽싸게 자기가 맡은 자리를 정리하고 부엌을 나섰다.

나는 힘이 잘 들어가지 않는 손으로 찻잔을 다 닦고 물을 잠갔다.

잠잠해진 공간 속에 정적만이 감돈다.

토방에 웅크리고 앉은 채 나는 젖은 손을 목덜미에 갖다댔다.

물의 냉기로 이성을 되찾고 싶었다.

하지만 그 감촉은 오히려 낮의 풍경을 되살린다.

사토리의 목덜미에 꼭 매달려 있던 키요코의 손가락—

갈라진 상처자국투성이인 내 손가락과는 다른, 밀랍처럼 희고 말끔한 손가락이 궁지에 몰린 것처럼 손톱을 세운 채 사토리를 욕망하던 모습이—

"아, 아……."

어느새 손가락이 옷깃 속으로 내려갔다.

피부를 어루만지는 손끝의 감촉에 피부에 흠칫흠칫 소름이 끼쳐 왔다.

손바닥이 부푼 젖가슴을 뒤덮었다.

사토리가 키요코에게 했던 것처럼 내 가슴을 움켜쥐었다.

"하아……. 웃."

가슴 위의 돌기가 단단하게 응어리졌다.

그저 가슴을 주무르는 것만으로도 작은 응어리는 그 자극을 기억해 내 점점 민감해져 간다.

"아아, 아아……."

사토리 도련님…….

당신의 입술이… 그분의 이것을… 그 입에 물고…….

드르륵—

갑자기 등 뒤에서 문이 열렸다.

나는 재빨리 손을 빼고 돌아보았다.

"아직도 일하고 있었니?"

문 앞에 서 있던 것은 슈이치였다.

아무 말도 하지 못하고 나는 웅크리고 앉은 채로 슈이치를 올려다보았다.

숨이 거칠어지고 있다.

말을 꺼낼 때 어떤 목소리가 나올지 알 수 없다.

"네네, 왜 그래?"

슈이치가 토방으로 내려온다.

잠옷 대신 얇은 수면용 유카타를 입은 슈이치는 내 곁으로 다가와 허리를 숙이고 걱정스레 얼굴을 들여다보았다.

"몸이 안 좋니? 다들 자는 줄 알았는데 부엌에만 불이 켜져 있어서 혹시나 하고 와봤어."

내 이마에 그가 손바닥을 갖다댄다.

"아……."

손바닥의 감촉에 흠칫하고 살갗이 떨렸다.

손바닥의 온기가 하복부로 전해져와 육체의 중심을 저릿저릿하게 만든다.

내 몸이 굳자 슈이치도 깜짝 놀란 듯 내게서 손을 뗐다.

"미안, 열이 있나 해서……."

"혹시나… 누구……."

호흡이 거칠다. 계속 빨라진다.

"응……?"

"혹시나… 누군가를… 찾고 계셨나요……?"

눈이 글썽이는 걸 나 스스로 알 수 있었다.

나는 그 눈을 들어 아련하게 슈이치를 올려다보았다.

슈이치도 말을 잃은 듯 나를 응시하고 있다.

이마에 닿았던 손이 갈 곳을 잃고 허공에 떠 있다.

나는 그 손을 잡았다.

그리고 내 뺨에 갖다대었다.

키요코가 사토리에게 했듯이 가만히 뺨을 문질렀다.

"네네……."

그러자 눈물이 넘쳐흐른다.

흘러넘친 한 줄기가 뺨을 타고 슈이치의 손에 닿는다.

괴로워, 괴로워—

사토리 도련님…….

당신 때문에 이렇게 괴로워요—

"네네……!"

그 순간 슈이치가 꼼짝도 못하게 나를 꽉 껴안았다.

강한 힘이 내 몸을 감쌌다.

나도 두 팔을 뻗어 슈이치의 등에 매달렸다.

괴로워—

원해—

입술을 빼앗겼다.

깊숙이 들어온 혀에 내 혀를 휘감는다.

"으응, 응……!"

나는 오열이 새어나오는 입을 슈이치의 입에 맞대고 그 안을 탐했다.

슈이치가 내 옷깃을 잡았다.

천천히 가슴이 드러난다.

풍만한 가슴이 공기에 닿자 곧장 두터운 손바닥이 돌격해온다.

"아아아……!"

예리한 희열에 나는 목소리를 높였다.

"네네……."

슈이치가 신음하며 가슴을 꽉 쥐어온다. 그의 손이 농익은 음과의 과즙을 짜낸다.

두 개의 손가락이 언덕의 정상을 둘러싼다.

손바닥이 가슴을 터뜨릴 듯이 세게 주무른다.

"네네, 네네……."

슈이치의 얼굴이 욕정으로 일그러지며 애달프게 나를 바라보았다.

사토리와 닮은 얼굴이 한심스러운 나를 받아들이며 나와 같은 정욕을 드러냈다.

"아무 말도… 마세요……."

손가락 사이에서 압박당하는 젖꼭지가 일으킨 쾌감에 신음하며, 나는 슈이치의 볼을 쓰다듬었다.

남자의 손의 온기와 타오르는 듯한 강렬한 열정이 내 살갗 위로 새겨진다.

원해, 원해,

원해—

"슈이치… 도련님……."

야릇한 감각에 휩싸인 젖가슴을 앞으로 밀어내듯이 나는 등을 뒤로 젖혔다.

"네네……!"

슈이치가 내 몸을 차가운 돌바닥 위로 고꾸라뜨렸다.

그의 손이 양쪽 가슴을 깊숙이 쥐고 음란한 언덕을 만들어 냈다.

뜨겁게 몰아쉰 그의 숨결이 내려온다.

볼록 솟은 젖꼭지가 그의 입술에 머금어진 순간,

"아아아아앗……!"

날카로운 쾌감이 들썩대는 내 몸을 찔렀다.

7화
몸속을 채우는 쾌감

"슈이치… 도련님… 아앗, 좋아요……. 웃!"

축축하게 젖은 혀가 오로지 젖꼭지만을 탐하며 핥고 굴려 댔다.

피부의 감촉이 어딘가로 사라지고 내 살덩어리 한 점은 쾌감의 덩어리로 변모한다.

돌바닥 위에 흐트러진 머리카락을 비비며 나는 슈이치의 혀에 온몸을 내맡겼다.

"믿을 수 없어, 네네. 내가 너와 이러고 있다니……."

거칠어져 가는 호흡 속에 돋아나는 욕정의 싹을 연신 빨며 슈이치가 손가락으로 다른 한쪽 젖꼭지를 집는다.

"아아앗!"

절규에 가까운 충격이 덮쳐왔다.

"느껴… 느껴져요……!"

나는 몸을 비틀며 슈이치의 볼과 목덜미를 마구 할퀴듯 매만졌다.

거칠어진 숨이 점점 습한 기운을 띠며 뒤엉킨다.

착착, 쭈욱―

억누를 수 없는 신음, 옷이 서로 스치는 소리, 은밀한 살갗을 훑으며 혀가 만들어내는 끈적끈적한 소리가 늦은 밤 토방 안을 가득 채운다.

"아아, 아아, 아아……!"

입안에서 빨리고, 손가락으로 집혀 굴려지는 양쪽 젖꼭지에서 불같은 쾌감이 솟구쳤다.

마치 타오르며 흐르는 용암처럼 살 속 깊이 스민 열이 온몸을 질척하게 녹인다.

활처럼 허리가 뒤로 휘었다.

들썩대는 음부를 슈이치의 허리에 비비자 욕망하는 움직임이 점점 더 빨라진다.

"하아앗, 좋아요, 좋아요……!"

"네가 내 아래에서 느껴주다니 기뻐……."

슈이치가 젖꼭지에서 떼어낸 입술을 하반신으로 가지고 내려간다.

"아아아……."

나의 다리가 저절로 벌어진다.

끓어오르는 기분으로 욕망했던 것이 이루어지기를 고대한다.

치맛자락이 양옆으로 파헤쳐진다.

밖으로 드러난 허벅지가 넓게 벌어지며 숨겨졌던 농염한 꽃송이가 드러났다.

"아아, 이렇게 되어서……."

슈이치가 커다란 한숨이 섞인 목소리를 내며 흠뻑 젖은 꽃잎의 틈새를 맴돌았다.

"흐응……. 윳!"

날카로운 희열이 살을 만지작거리며 재빨리 그 안으로 돌입한다.

"믿을 수 없어… 빨려 들어가는 것 같아……."

속삭이던 그의 숨결이 은밀한 살에 닿았다.

추릅—

뜨거운 혀끝이 틈새를 핥는다.

"하아아앗……!"

튀어 오른 내 허리를 누르며 슈이치는 더욱 깊숙이 혀를 비집어 넣는다.

점막의 테두리를 그가 얼굴째 양옆으로 흔들어 천천히 아래위로 틈새를 누르며 벌려간다.

"굉장해요… 아아앗……!"

혀가 움직일 때마다 조금씩 배어나오는 쾌감의 덩어리는 어느새 촉수를 뻗쳐 점막이 저려오게 만든다.

부풀어 오른 열통이 계속해서 기쁨의 눈물을 줄줄 흘린다.

"여기도 얼굴을 쏙 내밀고 어서 만져달라고 조르고 있어."

농익은 붉은 돌기에 손가락이 닿는다.

"흐으읏!"

너무 달콤한 전율에 내 모든 감각이 튀어 오른다.

—아아, 원했어…

이걸 너무나 원했어……!

슈이치의 손가락이 지나치게 민감한 꽃술을 조금씩 주무르기 시작했다.

"하, 아, 아, 굉장해요, 굉장해요, 굉장해요……!"

헛소리 같은 신음밖에 잇지 못하는 나에게 더 큰 쾌감이 덮쳐왔다. 슈이치는 틈새를 빨면서도 연신 집요하게 손가락을 움직여 댔다.

"굉장해요……. 저… 이제 더는……."

끊임없이 나를 치대던 절정의 높은 파도는 결국 내 온몸을 휘감고 하늘 끝까지 휘몰아쳤다.

"나도 어떻게 되어 버릴 것 같아. 네게 빠져 버리고 있어……."

손가락의 움직임이 한층 더 빨라졌다.

깊숙이 박힌 통통한 혀도 맹렬하게 내부의 통로를 비벼댄다.

—할짝할짝… 주륵…….

"흐웃, 아앗!"

암컷의 비명을 내지르며 나는 머리카락을 마구 흩뜨린다.

"죽을 것… 죽을 것 같아요……. 아아아아아아앗!"

욕망했던 곳으로 내 몸이 추락한다.

"아아, 네네……!"

절박한 표정으로 슈이치가 나를 안아 올렸다.

나는 온몸을 뒤집고 돌바닥 위를 긴다.

곧바로 그의 뜨거운 살덩어리가 아래 틈새를 꾹 눌러온다.

"더는 못 참겠어. 네 안에 들어가고 싶어……!"

"들어… 오세요……. 넣어줘, 넣어줘, 제발……!"

쑤욱—

덩어리는 일직선으로 내 안에 잠기듯 들어왔다.

"아아아앗……!"

타오르는 불기둥이 은밀한 내부의 살을 뜨겁게 태운다.

굵은 윤곽이 내부 깊숙이까지 비집고 들어온다.

"아아아, 이렇게 꽉 조여오다니. 네네, 난 미쳐 버릴 것 같아, 네네……!"

떨리는 목소리로 나를 부르며 슈이치가 허리를 부딪쳐 오기 시작했다.

철퍽, 철퍽, 철퍽―!

"하아아, 아아아아……."

격렬한 진동이 몸을 관통해서 내부를 부술 듯이 들어온다.

부풀어 오른 욕정의 근원이 사나울 정도로 남김없이 타오르고 있다.

"좋아… 좋아요… 슈이치 도련님……!"

"네네… 네게 빨려 들어가고 있어, 아아, 아아아!"

슈이치의 움직임이 더욱 격렬해진다.

깊숙이 들어온 남자의 욕망이 내 몸속 한가운데에 장렬한 쾌감을 쏟아낸다.

"하아아아앗… 아아……. 웃."

온몸이 연신 뒤흔들리자 나는 소리를 내며 손톱으로 바닥을 세차게 할퀸다.

손톱이 뒤집힐 만큼 할퀴어대는데도 의식은 몽롱해져만 간다.

몸 안에 채워지는 쾌감만이 점점 날카롭게 고조된다.

몸속에 들어왔다 나가기를 반복하는 단단한 남성의 감촉과 그것이 찧어대는 충격만이 세상의 모든 것―

그것만으로……. 그것만으로도 괜찮아―

"또… 죽을… 것 같아요……."

나는 아찔해진 시야에 신음을 내질렀다.

그러자 무시무시한 쾌감이 소용돌이치며 올라왔다.

"아앗, 아아아앗……!"

"네네… 으으읏!"

맹렬한 압박이 몸뚱이를 한가득 채운다.

어두운 불꽃이 떠들썩하게 소리를 내며 내 온몸을 휘감았다.

"아아아앗……!"

태워진다, 태워진다.

나의 몸과 의식 모두가―

"죽을… 죽어버릴 것 같아아아……!"

절규 속에서 나는 기도했다.

이대로 내 모든 걸 흔적도 없이 다 태워줘…….

제발, 나의 과거도,

그분을 향한 마음도,

모든 걸, 모든 걸―

"오오오오우읏―!"

슈이치의 움직임이 멈췄다.

움찔움찔―

뜨거운 욕망이 체내에서 터져 산산이 흩어졌다.

나의 육체도 절정의 파도에 휩싸여 밀어 올려질 만큼 밀어 올려지고는―

또다시 딱딱한 돌바닥 위로 밀려 떨어졌다.

두 사람은 차디찬 돌바닥 위를 구르고 있었다.

거친 숨이 아직도 진정되지 않는다.

슈이치는 등 뒤에서 나를 안고 헝클어진 머리카락을 매만져 주고 있다.

"네네……."

갈라진 목소리가 천천히 나를 부른다.

"네 마음은 어릴 때부터 알고 있었어."

"마음… 이라면……?"

"사토리 말이야."

그의 대답을 듣고 나는 눈을 감았다.

감은 눈 속이 뜨거워진다.

입술이 함께 떨려온다.

"참지 마. 울어도 괜찮아."

따스한 팔이 나를 감싸 안았다.

그 팔에 뺨을 붙이고 나는 눈물을 흘린다.

"사실은 말이야, 네네. 난 옛날에 너와 결혼하고 싶다고 아버지께 청한 적이 있었어."

"슈이치 도련님이… 저를……?"

"그래."

그의 손이 가만히 내 가슴을 뒤덮었다.

성적인 감정은 느껴지지 않았다.

그저 살갗을 감싸주는 따스함만이 있었다.

"나도 쭉 널 좋아했어. 장남의 자리를 이용해서 사토리에게서 널 빼앗고 싶다는 생각도 잠시 골똘히 했을 정도로."

조용한 숨결이 귓불에 닿는다.

"빼앗다뇨……. 저 같이 미천한 자가 두 분께 귀여움을 받을 수 있었던 것만으로도 전 행복했어요."

"괜찮아. 사토리의 마음도 난 알고 있어."

가슴을 덮은 손이 날 달래주듯 젖꼭지를 잡았다.

말해봤자 소용없는 이야기를 우리는 하고 있다. 아무런 소용이 없는데도 눈물은 멈추지 않는다.

"하지만 네게 거절당할 수도 있을 거란 문제 이전에, 이 집의 장남으로 태어난 이상 좋아하는 여자와의 결혼은 이루어질 수 없으니."

"네……."

"그만큼 너희들은 자유롭게 해주고 싶었어. 하지만 그것도 이루어지지 않았지. 미안하다."

"……황송한 말씀이세요. 슈이치 도련님이 죄송해하실 필요 없어요."

"미안하다… 사토리에게도 면목 없는 짓을 했어."

"사토리 도련님과 키요코님은 좋은 부부가 되실 거예요. 전… 알 수 있어요."

가슴을 부드럽게 매만지는 슈이치의 손등에 손을 얹었다.

"저는 그저 이 집에서 이대로 큰마님을 모실 수 있게 해주시면, 그것만으로… 행복해요."

"네네……."

깊은 한숨이 내 목덜미를 촉촉하게 만든다.

둘 다 이제 더 이상 해야 할 말은 없었다.

그저 차가운 돌에 몸을 동화시킬 듯이, 그대로 조용히 누워 있었다.

다음 날은 또 비가 내렸다.

나는 큰마님께 가져갈 차를 들고 부엌에서 복도로 나갔다.

부슬부슬 내리는 비가 툇마루를 적시고 있다.

색이 짙어진 뜰의 풀과 나무들도 고개를 숙이고 비를 맞고 있었다.

떠올리기 싫은 과거의 풍경과 같은 모습에 잰 걸음으로 그곳을 지나는 순간,

"아……."

툇마루의 건너편에서 사토리가 걸어왔다.

순간 눈이 마주쳐 나는 먼저 고개를 숙이며 눈을 피했다.

허리를 구부리고 툇마루 옆 기둥에 붙어 사토리가 지나가도록 통로를 비웠다.

천천히 사토리가 복도를 건너간다.

가슴이 고동을 친다.

쨀랑……. 다관 뚜껑이 소리를 냈다.

사토리가 멈춰 서서 이쪽을 돌아본다.

"차, 엎지르지 마."

낮고 차분한 목소리였다.

"……죄송합니다."

"다과도."

"네? 아, 네……"

고개를 숙이고 있을 수밖에 없는 내 앞으로 손이 스윽 뻗어져 왔다.

그 손바닥에는 분홍색 별 사탕이 하나 올려져 있었다.

"어제 방 앞에 떨어져 있더라."

"옛……"

무슨 말을 들은 건지 한 박자 늦게 알아차린 내 얼굴이 화악 달아올랐다.

"저… 그게……"

더 이상 목소리가 나오지 않아 나는 또다시 고개를 숙였다.

사토리는 그런 나를 조용히 내려다본다.

그의 온몸에서 냉담한 기운이 전해져 온다.

아무 말도 않는 사토리를 향해 나는 주뼛주뼛 고개를 든다.

금세 그 시선에 피부가 경직됐다.

날카롭게 번쩍이는 두 눈동자가 아무런 표정도 없이 나를 응시하고 있었다.

가슴을 관통하는 것처럼 색채 없이 어두운 빛만을 내뿜는 그 눈은—

마치 그 호랑이의 눈—

온몸이 포박된 사람처럼, 시선에 홀린 사람처럼. 나는 그의 눈을 올려다본 채로 움직일 수 없었다.

사토리는 냉담한 표정을 유지한 채로 그저 숨을 한 번 들이마시고는 별 사탕을 쟁반 위에 올려놓았다.

또르륵—

작은 별 모양 설탕과자가 맥없는 소리를 내며 굴렀다.

그리고 사토리는 다시 나에게서 등을 돌렸다.

그의 뒷모습이 멀어져 간다.

계속 내리는 빗소리만이 귓속에서 울려 퍼진다.

홀로 남겨진 나는 그저 그곳에 계속 서 있을 뿐이었다.

무언가가 변해 버렸다.

나도, 그도.

아니—

그저 그 무언가가 겉으로 드러나게 되었을 뿐.

내 안의 짐승이 깨어나 저분의 마음을 비열하게 거부했으니—

꾸밈없이 솔직히 고백해 준 저분의 감정을, 내 마음이 일그러뜨려 되던졌으니—

표면이 울퉁불퉁한 이 설탕과자처럼.

내 마음은 추잡하고 추잡하다—

사토리의 등이 복도 모퉁이를 돌아갔다.

어두침침한 복도의 그림자를 나는 그저 멍하니 바라보고 있었다.

8화
추락하는 육체

"네~네 언니."

부엌문에서 슬쩍 얼굴을 내민 것은 머리를 서양식으로 땋아 올린 사카에였다.

"아아… 오랜만이네."

"여전히 붙임성 없네요. 변하지 않은 네네 언니를 만나 기쁘지만요."

사카에가 킥킥 웃으며 절구에 깨를 갈고 있는 내 옆에 선다.

"저녁 식사 준비는 네네 언니 혼자 해요?"

"토미 아주머니와 카츠 아주머니는 손님 접대 중이셔. 카요 아주머니는 이치로 아기씨를 보고 계시고."

"축하 손님들이 많아서 눈 코 뜰 새 없겠어요. 저도 방금 주인어른과 마님께 인사드리고 오는 길이에요."

"그렇구나······."

일주일 전 사토리와 키요코의 약혼이 무사히 거행됐다.

그날부터 매일매일 집에는 축하하러 찾는 손님이 끊이지 않는다.

사토리도 퇴근하고 돌아오면 연일 손님들의 술 상대를 한다.

"그래도 좀 의외였어요."

시키지도 않았는데 사카에가 부엌 선반의 설탕을 꺼내며 말했다.

"사토리 도련님은 네네 언니를 좋아하시는 줄 알았거든요."

절굿공이를 돌리며 깨를 갈던 내 손이 순간 멈추었다가 금세 다시 움직였다.

"그럴 리가 없잖아. 바보같이."

"나처럼 분수에 맞춘 사랑 말고 신분을 뛰어넘은 사랑을 보고 싶었거든요."

사카에가 입을 뾰로통 내밀고 절구에 설탕을 넣는다.

"행복해 보이는데. 분재 직공은 벌이도 좋을 테고."

"에헤헤, 맞아요. 좋아하는 사람과 함께하면 매일이 신선

하거든요."

"자랑하러 왔어?"

"그것도 있구요."

사카에가 대답하며 간장을 둘러 넣는다.

"네네 언니는 예쁘고 상냥하니까. 사토리 도련님보다 좋은 사람과 함께했으면 좋겠어요."

사토리의 이름을 다시 꺼내는 사카에에게 나는 알아차리기 쉬운 한숨을 내쉬었다.

"사랑에 빠진 여자의 눈은 모든 곳에 사랑을 비춘다더니."

"그거야 제가 밥그릇을 깨서 토미 아줌마에게 혼나고 있을 때 어느 틈에 깨진 조각들을 청소해 준 게 네네 언니였잖아요."

게다가, 하며 사카에는 손가락을 접는다.

"엄마 편지를 읽고 울다가 일을 늦게 시작한 날은 아무 말 없이 마지막까지 함께 있어줬고요. 감기에 걸렸을 때는 생강차도 만들어 줬고."

"뭐 하나 대단한 일도 아니잖아."

"네네 언니는 남을 즐겁게 해주진 않지만 남이 기쁘게 만들어줘요."

"그래?"

나는 깨소금을 넣어 국물 맛을 본 다음 차조기를 도마에 올려놓았다.

"사토리 도련님은 이 집에 돌아오실 때마다 네네 언니를 보면 기쁜 얼굴을 하셨어요."

"너 집에 가서 저녁 안 해도 돼?"

나는 한손에 칼을 들고 사카에를 바라보다가 사카에의 표정에 나도 모르게 멈칫했다.

"좋아하는 사람이 생기면 참아야 할 일이 늘지만, 그래도 참아야지 생각하게 돼요. 지키고 싶은 게 있다는 건 그런 거 같아요."

"무슨 말을 하고 싶은 거야?"

"저 요즘 네네 언니 생각이 자주 들어요."

사카에가 고개를 돌려 창가에서 비쳐드는 빛에 포동포동하고 매끄러운 볼을 비춘다.

"낮에 힘들어도 밤에 행복하고. 그러면 아침에는 힘든 일도 행복에 묻혀 버려요. 네네 언니는 매일 아침 어떤 기분으로 일어나나요?"

나는 도마에 시선을 떨구고 차조기를 잘게 썰었다.

"결혼하면 여러 가지로 일이 많겠지만 푸념하고 싶은 일이 있으면 푸념하러 와."

"또 그렇게 화제 돌리려고 하는 것 봐."

사카에가 양볼을 가득 부풀린다.

"푸념도 그래요. 언니의 푸념도 나한테 들려주지 않으면 같이 수다 떨기가 힘들다구요. 전 네네 언니가 뭔가 털어놓는 걸 한 번도 들어본 적이 없어요."

그때 부엌문에서 또 발소리가 들렸다.

손님인가 하며 사카에의 머리 너머로 문 쪽을 봤더니,

―곧바로 몸이 얼어붙었다.

"손님이신가요?"

시선이 얼어붙은 나를 보고 사카에가 고개를 갸웃하며 돌아 문 쪽을 봤다.

사카에도 금세 몸을 움츠리고 손으로 내 소매를 꼭 쥔다.

"오랜만이야, 네네."

문 앞에 선 남자가 입술을 치켜든다.

얼룩덜룩 때가 묻은 옷과 덥수룩한 머리. 흘겨보는 것만으로 내 몸을 베어버릴 것 같은 날카로운 눈초리.

남자 주변의 공기가 날카롭고 검게 흐려진다.

"저기… 아는 분이에요?"

사카에가 불안한 눈빛을 보이며 바싹 내 옆으로 붙는다.

심장 고동이 빨라지고 있다.

온몸에 진땀이 흘러내린다.

"이 가게에서… 예전에 종업원으로 일하던 사람이야……."

필사적으로 평온을 가장한 나를 구경하듯 고시치(浩七)는 씩 웃으며 낮게 말했다.

"그래, 맞아. 오 년 전에 다른 마을에 있는 가게에 지배인으로 가게 됐지."

"지배인님… 이시군요."

한 가게의 지배인 같은 모습은 아니었다.

이 남자는 전보다 더 거친 분위기를 풍기고 있었다.

"사카에, 오늘은 부엌에도 손님이 많으니 나중에 천천히 얘기하자……."

"네, 네……."

나에게 걱정스러운 눈빛을 남기며 사카에가 주뼛주뼛 고시치의 곁을 지나 부엌을 나갔다.

사카에가 서 있던 자리에 대신 고시치가 다가왔다.

"네가 아직 여기에서 일하고 있을 줄이야. 선대가 죽었으니 당연히 어딘가로 떠났을 거라 생각했는데."

어깨가 닿을 듯 가까운 옆자리에 선 고시치가 장신을 굽혀 온다.

그 커다란 그림자가 나를 삼킬 듯 덮쳤다.

"새삼스레… 다른 곳은 무슨."

"하하, 아깝게."

그의 굵은 손가락이 내 뺨을 쓸었다.

내 몸이 다시 경직되었다.

"넌 하녀보다 창녀에 훨씬 소질이 있어. 밤일을 잘하니 틀림없이 유곽에서 잘 나갔을 텐데."

뭐하러 온 거야……?

묻고 싶었지만 물을 수 없다. 무서운 대답이라면 제 입으

로 먼저 말하게 하는 것이 낫다…….

"난 그때부터 노름에 빠져 버렸어. 빚이 있는 걸 들켜서 가게에서도 잘리고. 마누라도 있었지만 결국 도망쳤지."

고시치가 내 손에서 식칼을 빼앗아 지저분한 손으로 칼끝을 만지작거린다.

"돈은… 충분히 가지고 있었을 텐데……."

"돈이야 얼마가 있든 날리려고 들면 하룻밤에라도 다 날릴수 있어. 지금은 소를 잡으면 고기를 해체하는 허드렛일을 해. 꽤 힘쓰는 일이야."

그거였군……. 하는 생각이 들었다. 옛날부터 체격이 좋은 남자였지만 서른여덟 살이 된 지금은 한결 더 다부진 근육을 두르고 있다.

걷어 올린 소매에서 드러난 굵직한 팔뚝.

근육이 불룩 솟은 가슴—

꺼림칙할 정도의 위압감이 내 본능을 사로잡는다—

"돈이 다 떨어졌어."

고시치가 다시금 내 몸에 가슴을 붙여왔다.

훅 풍기는 사내의 체취가 피부에까지 스며드는 기분이 든다.

나는 숨을 멈추고 그저 도마 위에 시선을 고정했다.

"도와줄 거지? 선대와의 일을 지금껏 아무에게도 말하지 않은 보답으로."

"입막음 비라면……."

"그러니까 그 돈 덕에 내가 신세를 망친 셈이라니까?"

고시치가 검붉은 손으로 도마 위에 올려진 차조기를 쥐어 입에 넣었다.

쩝쩝 씹는 소리가 귓가에 울린다. 알사탕처럼 생긴 그 목의 돌기가 꿀꺽 파도쳐 입안의 것을 삼켰다.

"제대로 입막음을 하려면 주인 나리는 돈을 줄 게 아니라 널 한번 안게 해주기만 해도 됐을 거라고. 근데 날 내쫓아 버리다니."

"돈이라면 난……."

"고용기간이 만료된 후에도 십 년 넘게 일하고 있잖아. 조금은 모아둔 돈도 있을 테지."

나는 두려움에 고개를 가로저었다.

고시치의 입술이 차조기 찌꺼기를 쩝쩝거리며 씹는 소리를 내며 귓불로 슬며시 다가왔다.

"오늘 밤 일행사 경내로 와. 달아나면 그땐 알지?"

아무런 대답도 하지 못하는 나에게 고시치는 식칼을 돌려주고 굽혔던 상체를 일으켰다.

손에 힘이 들어가지 않아 식칼을 떨어뜨릴 뻔했다.

그런 나를 등 뒤로 킥킥 비웃으며 고시치가 부엌문을 나섰다.

정신을 못 차리면서도 나는 계속 눈을 도마 위에 고정

했다.

호흡이 가쁘다.

숨이 답답해지고 눈앞이 하얘진다.

잘게 자른 차조기 잎이 도마 위 여기저기로 흩어져 물기 마른 단면을 어지럽히고 있었다.

퍽—

커다란 나무에 몸이 떠밀렸다.

검게 갈라진 근육을 가진 사내는 내 옷깃 언저리를 흘깃 내려다보며 눈앞까지 바싹 다가왔다.

"고작 십 엔이 뭐야. 이거 말고 얼마나 더 모아뒀어?"

"어차피… 한 번으로 끝낼 거 아니잖아."

밤이슬에 젖은 나무 냄새와 고시치의 체취가 훅 끼쳐와 숨이 막힌다.

"당신은 뱀 같은 남자야. 큰주인 나리와 내 일도 앙심을 품고 조사했었으니."

"처음 미닫이문 너머 그림자를 지켜봤을 때 넌 열여덟 살이었어. 하지만 이미 음란한 미색을 감은 채 주인 나리에게 이런 짓을 당하며 신음하고 있었지."

옷깃 안으로 사내의 손이 비집고 들어온다.

두 개의 젖가슴이 난폭하게 붙들려 밤공기에 드러났다.

"응웃……."

"이 마을로 되돌아온 건 아직도 네가 마음에 걸려서야."

가슴을 주무르며 손가락이 젖꼭지를 집는다.

"으응, 앗……."

손가락의 감촉이 닿자마자 젖꼭지가 쓰라려 온다.

고시치는 득의양양한 미소를 짓고 손가락에 점점 더 힘을 준다.

"차남이 결혼한다는 소문 속에 이미 선대가 죽었다는 부분을 듣고 내가 얼마나 기뻤는지 알아?"

손가락으로 당겨 올린 젖꼭지로 고시치가 혀를 뻗어온다.

"아아, 아……."

"몇 번이나 널 떠올렸어. 다른 여자를 안아도 언제나 네 야릇한 표정이 떠올라서 견딜 수 없었지."

혀끝이 젖꼭지를 스친다.

"오랫동안 이렇게 하고 싶었어. 네네, 그 앙큼한 소리를 더 들려줘."

탄력적인 그의 혀가 할짝할짝 위아래로 움직이기 시작했다.

솟아오른 젖꼭지를 누르고는 쓰러뜨리듯 움직이며 축축한 마찰을 가해왔다.

"앗, 흐으웃……!"

온몸에 땀이 흘렀다.

살갗이 쾌감에 동요하기 시작했다.

"아아, 하아, 아아…… 웃."

"팔을 들어."

"하아, 아아……."

내 몸은 제멋대로 지시를 따라 움직였다.

부르르 떨며 들어 올린 팔 밑에 고시치가 얼굴을 파묻었다.

"하응웃!"

혀끝이 옷 사이로 트여 있는 솔기를 따라 겨드랑이로 뻗어 왔다.

할짝—

미끄러운 감촉이 움푹 파인 겨드랑이를 계속 맴돈다.

"아아, 새콤달콤한 맛이 나."

입은 겨드랑이를 핥으면서 그의 손이 양 젖꼭지를 연신 만지작거렸다.

"생각했던 대로 잘 느끼는 몸이야. 남자를 매혹하는 냄새를 강하게 내뿜고 있어."

고시치가 혀를 이리저리 움직이다가 겨드랑이에 코를 꾹 묻었다.

그러고는 냄새를 다 마셔 버릴 것처럼 얼굴을 흔들었다.

"아……. 웃."

타액과 땀이 섞인 액체가 주르륵 겨드랑이를 따라 흘렀다.

"정말은 너도 기대하고 있었잖아? 나한테 이렇게 당하길."

"아니… 아, 니야……!"

부정하려는 말 또한 신음이 되어 터질 뿐이다.

"아, 으읏, 하으응……."

그의 혀가 또다시 가슴으로 돌아온다.

민감해진 젖꼭지를 두터운 혀가 미친 듯이 빨기 시작한다.

"아으으……. 읏."

"네가 내 혀로 느끼고 있다니. 견딜 수 없어, 못 참겠어……."

부풀어 오른 젖꼭지가 입술에 동여매어진 것처럼 세게 빨려나간다.

쭈우욱—

"하아아읏!"

그의 두툼한 혀가 민감해진 살점을 할짝할짝 핥다가 입안에서 굴렸다.

"아아아, 이런……. 읏!"

사내의 미끈거리는 입 속, 불같이 뜨거운 점막에 마구 빨린 젖꼭지가 저릿저릿해 왔다.

함께 빨려 들어간 유륜은 삐죽삐죽 고르지 못한 고시치의 앞니에 으깨질 것만 같다.

치맛자락이 양옆으로 벌어진다. 한쪽 무릎이 접혀 등 뒤 나무 기둥에 발바닥을 댔다.

나막신이 벗겨진 맨발이 거친 나무 표면을 밟았다.

"아아, 내 것도 이렇게 되었어."

고시치가 젖꼭지를 빨면서 동시에 허리를 굽혀 내 다리에 자신의 사타구니를 비벼댔다.

강철 같은 살덩어리가 허벅지 안쪽을 위아래로 스쳤다.

빨딱대며 뛰는 그 힘찬 맥이 살갗을 통해 전해져 왔다.

"아아, 아아아……!"

피부를 스치는 고시치의 사타구니 움직임에 맞추어 내 허리도 움찔거리기 시작했다.

사내의 살과 열기를 더 확실히 느끼고 싶다고, 더 세차게 문질러 달라고—

"아아, 아아, 네네, 네네."

짐승 같은 숨을 몰아쉬며 고시치가 고개를 든다.

눈에 열기를 가득 담은 그가 땀이 맺힌 내 얼굴을 이리저리 매만진다.

"넌 어떻게 그런 음탕한 얼굴이 잘 어울리는지……."

서로에게 비벼대는 남녀의 옷자락이 서서히 흐트러지며 활짝 벌어졌다.

허벅지 위 살덩어리의 윤곽이 점점 더 두드러졌다.

우뚝 솟은 사내의 덩어리가 나의 중심으로 가까이 다가온다.

"아아아, 네네……."

그는 내 무릎을 들어 올린다.

울먹이는 골짜기 틈으로 단단한 것이 밀려들었다.

"하, 아, 아—"

굵은 그 끝이 골짜기 안 연약한 살을 누르며 깊숙이 박혔다.

"아아앗······!"

곧바로 내 몸이 떠올랐다.

양쪽 무릎을 자신의 양 팔 위에 얹어 붙잡고 있던 사내가 힘을 주어 내 온몸을 들어 올린다.

그에게 하반신을 밀착시킨 채 나는 한층 더 다리를 넓게 벌렸다.

그리고는 단박에 나락으로 밀려 떨어졌다.

"아아아아앗!!"

불타오르는 단단한 살기둥이 단숨에 내 몸 한가운데를 찔러 들어온다.

고시치가 격렬하게 허리를 흔들기 시작한다.

"아앗, 아앗, 아앗!"

"오우, 오웃… 어때, 네네, 내 물건 맛이."

"굉장해, 굉장해······. 아앗, 아아아앗!"

당장에라도 터질 것 같은 그의 중심이 내 몸 안의 점막을 세게 비비고 문질러 댄다.

마치 우산을 펼친 듯한 그 기둥 끝이 몸속 은밀한 통로 너머까지 압박해 온다.

"주인 나리도 이렇게까지 격렬하게는 해주지 않았지? 고상한 부자 나리, 안 봐도 뻔하지."

목소리를 높이며 고시치가 아랫부분의 진동을 내게로 전한다.

"자, 이건 어때?"

고시치가 거칠게 허리를 흔들다가 살덩어리가 잠시 빠져나온 순간 내 엉덩이를 들어 올린다.

다시금 몸이 나락으로 떨어질 때, 곧장 내부로 단단하고 빳빳한 살기둥이 들어온다.

"하아아앗!!"

폭풍 같은 쾌감이 솟구친다.

퍽, 퍽—!

아래 틈새가 더 벌어질 수 없을 만큼 넓게 벌어지며 압박되고, 또 에인다.

그곳은 마찰이 될 때마다 사내의 모양에 따라 변해가며 뜨거운 꿀을 휘날린다.

등의 맨살을 스치는 나무의 거슬거슬한 감촉마저 기분 좋아 정신이 아찔해질 지경이었다.

"이제 널 떠나지 않겠어. 네 몸은 모두 내 거야!"

고함을 치는 고시치의 허리 움직임에 가속이 붙는다.

눈앞의 세상이 온통 정신없이 흔들린다.

흔들리는 젖가슴의 아픔도, 마구 헝클어져 날리는 머리카

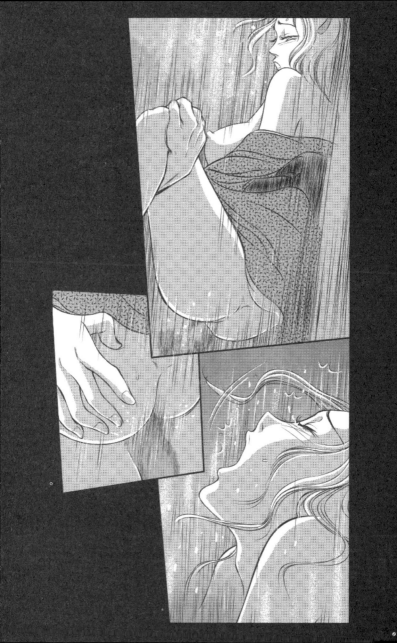

락도.

고조되는 희열에 나의 모든 것이 농락당한다.

"아아앗, 나올 것 같아, 나온다, 나와……!!"

어금니를 악문 고시치가 하늘로 고개를 치켜든다.

사납게 밀어 올려지며 내 몸의 중심이 연타당한다.

쾌락의 화살이 맨 살갗을, 몸의 한가운데를 마구 희롱한다.

"아아아앗… 추락할 것 같아—!"

나는 무아지경으로 그의 어깨를 꾹 붙들고 소리 지른다.

"그래, 추락해 버려… 내 위로 떨어져……. 웃!!"

희열의 두 근원이 질퍽하게 뒤범벅된다.

"아아아아아아앗!!"

순간 내게로 절정이 밀려든다.

"오우우으ㅇㅇㅇㅇ웃!!"

어둠 속에서 사내의 우렁찬 외침이 울려 퍼진다.

하나로 이어진 채로 고시치가 나의 내부에 자신의 욕망을 분출했다.

무게 중심을 완전히 잃어버린 몸속에서 두근두근하는 거센 맥이 끊이지 않는 곳은 질척하게 녹아내린 살덩어리, 오직 그곳뿐이었다.

9화
내 몸을 불태워서

 톗마루에서 조금 떨어진 안뜰에 대나무 평상을 하나 거꾸로 된 기역자 모양으로 놓았다.

 오늘 저녁에는 키요코를 초대해 불꽃놀이를 하기로 했다.

 사토리가 성인이 된 이후로 가족들이 모여 불꽃놀이를 하는 건 오랜만이다.

 계절은 봄장마를 보내고 새로이 여름을 맞이하려 하고 있다.

 사토리와 키요코는 낮에 슈이치 부부와 함께 독일 생활에 필요한 물품들을 사러 나갔다.

 독일은 일본보다 기온이 낮아 여름에도 동이 틀 무렵에는 서늘하다고—

"풍류 넘치는 일을 하고 있네?"

울타리 너머에서 목소리가 들려왔다.

흠칫 심장이 굳었다.

"이런 데서 바람을 맞으며 술이나 마시면 딱 좋겠어."

사립문을 열고 고시치가 정원으로 들어온다.

"뭐, 뭘 하러 온 거야……."

나는 손에 작은 꽃병을 든 채 꼼짝 못하고 서 있었다.

고시치는 사흘 내내 하루도 빼지 않고 나를 불러냈다.

그때마다 돈을 뜯어내고 내 몸을 제멋대로 가지고 논다.

아무리 그래도 이 집 안뜰까지 몰래 들어올 줄이야.

"뭐하러 왔냐는 말을 인사처럼 하네. 오늘은 일 쉬는 날이라 널 보러 왔어."

그는 엷은 웃음을 띠고 내게 다가와 굵은 팔로 내 어깨를 안는다.

"어젯밤도 노름판에서 다 잃었어. 돈이 없다고."

"밤에 그 절로 갈게. 그러니까 지금은 돌아가……."

"돈은 기다려 줄 수 있는데 여기가 못 기다려 주겠다지 뭐야. 널 만난다는 생각만 하면 내내 좀이 쑤셔 견딜 수가 없어."

고시치는 내 손을 이끌어 단단해진 사타구니로 가져가 누른다.

"이러지 마……!"

나는 얼른 손을 빼 주변을 둘러보았다.

"오늘은 이 집 인간들이 집에 없는 거 다 알고 왔어. 하인들은 다 부엌에서 한창 바쁠 시간이고 말이지."

"바로 가까이에 큰마님의 침실이……."

"어차피 벌써 노망나서 하루 종일 잠만 잔다며. 가끔은 이런 것도 괜찮잖아?"

고시치가 나를 억지로 평상에 앉힌다.

그 대담하고 뻔뻔한 웃음에 나는 덜컥 겁이 나 몸에 힘을 잃는다.

"거절할 생각은 관둬. 넌 내 말에 따를 수밖에 없어."

치맛자락 속으로 손이 밀고 들어온다.

"아…… 웃."

반사적으로 오므려진 허벅지가 밀고 들어온 손에 의해 벌어진다.

은밀한 곳으로 손가락이 비집고 들어온다.

"싫… 어……."

다섯 개의 손가락은 치모를 헤치고 돌진한다. 그 끝이 숨겨진 꽃술에 닿은 순간,

"하웃……."

저릿저릿하고 음란한 감각이 내 사지를 가로지른다.

"이것 봐, 네 몸은 즐거워하잖아. 내가 만져주니 기뻐서 어

쩔 줄 모르고 울고 있다고."

손가락은 조금씩 치모를 매만지다가 숨겨진 꽃술을 시작으로 비밀스런 내부를 아래위로 어루만진다.

가지런히 모은 그의 손가락 두 개가 아래 틈새로 비집고 들어온다.

"앗, 으, 아아……."

허리가 붕 떠오른다.

뜨겁고 저릿저릿한 감각에 허리가 움찔움찔 흔들린다.

"안… 돼… 누가… 올 지도 몰라……."

"벌써 젖기 시작했는걸. 너도 느끼잖아, 안 그래?"

그의 손가락이 은밀한 살을 넓히며 깊숙이 끼어 들어온다.

"아아…… 앗!"

나는 내 입을 막는다.

온몸의 열이 하반신으로 집중된다.

어느새 틈새는 뻐끔뻐끔 경련하며 그의 손가락을 꽉 붙잡으려 한다.

"아아, 넌 최고야, 네네."

"누구… 누군가가………"

"기왕 들킬 거면 고상하신 가족 분들 눈에 띄면 좋겠군."

내부에 파묻힌 손가락이 복부 쪽으로 방향을 틀며 점막을 문지르기 시작한다.

굵직한 관절을 가진 두 개의 손가락이 질퍽질퍽 소리를 내며 파도를 만들어낸다.

"읏, 흐으으……."

"이런 멋들어진 평상엔 네 꿀물이나 잔뜩 묻혀 줘. 난 옛날부터 두 형제가 여기에 점잔빼며 앉아 있는 게 진짜 꼴 보기 싫었다고."

흥분에 가득 찬 손이 치맛자락을 활짝 걷어 올린다.

"싫엇, 안 돼!"

"제 놈들 아비란 작자가 널 끊임없이 범하는 줄도 모르고 말이야."

길게 뻗어온 혀끝이 은밀한 살을 할짝할짝 핥아댄다.

"아아아앗!"

온몸이 화악 음탕한 불에 휩싸인다. 상반신이 활처럼 휘어 그대로 평상에 등을 붙이고 쓰러졌다.

"그 영감은 대체 얼마나 네 안을 빨고 드나들었지? 썩어빠질 만큼 하고 또 했을 텐데 네 여기는 아직도 복숭아처럼 아주 싱그러워."

"아앗, 하웅, 아앙."

등의 맨살이 평상에 쓸려 가는데도 나는 그저 허리를 높이 들어 올리며 희열하기 시작한다.

민감한 꽃술이 그의 혀에 상하좌우로 놀려지며 마찰된다.

동시에 이미 내부로 들어와 있던 그의 손가락이 내가 가장 느끼는 곳을 문질러 댄다.

"바로 여기야. 넌 여기를 좋아해. 이제부터는 내가 널 귀여워해 주지."

고시치는 혀와 손가락, 말로 나를 희롱하며 자신도 짐승의 목소리를 흘린다.

혀가 꿈틀거리며 움직일 때마다 피부에 달라붙은 불꽃이 화르륵 불똥을 내뿜는다.

"아아앗, 아아아……."

그가 가져다준 희열이 온몸에서 몸부림친다. 허리를 흔드는 사이 내 머리는 어느새 평상 아래로 떨어져 있었다.

뒤집힌 시야로 바라본 안뜰 안 색채 덩어리가 눈에 들어온다.

아아…….

달리아가…….

사토리가 심은 달리아가 어느 틈에 꽃을 피웠어…….

하얀색, 연분홍색…….

「…하얀색, 연분홍색, 주홍색. 전부 풍성한 꽃을 피울 거야. 어머니가 옛날부터 꽃을 좋아하셨거든―」

"흠뻑 젖었어. 손가락을 움직일 때마다 꿀이 사방으로 튄다니까? 이거 봐, 이것 보라고."

고시치는 점액이 잔뜩 묻은 허벅지 안쪽을 빨고, 살을 씹

으며, 움푹 파인 곳을 하염없이 핥았다.

동시에 붉어진 틈새로도 그의 혀가 꿈실꿈실 기어간다. 혀가 손가락의 움직임에 더해져 흥분을 고조시켰다.

"아아아… 아앗……."

지면으로 늘어뜨린 머리카락을 흔들며 나는 나를 제압하는 손아귀 안에서 한심해빠진 소리를 연신 내뱉는다.

흘러내린 눈물이 이마에 드리워진다.

뿌옇게 탁해지는 시야 속에 눈앞의 달리아마저 마치 환상처럼 흔들리며 희미해져 갔다.

사토리 도련님…….

아아, 저는…….

저는…….

"날 죽여… 줘… 이대로……."

희미해진 색채를 바라보며 중얼거렸다.

"그래, 죽어. 내가 몇 번이고 널 죽여주지."

고시치가 옷자락을 벌리고 장신의 몸을 내 위로 고꾸라뜨린다.

검붉고 미끄러운 살기둥이 은밀한 골짜기를 꾹 눌러온다.

"아앗……!"

"오우우……."

함빡 젖은 계곡이 외설스러운 불에 녹아 무너져 내리는 모습이 보이는 듯했다.

선명한 색채를 향해 손을 뻗으며.

"죽을… 래……."

나는 절정으로 빠져든다.

마치 꿈처럼 빠져들어 간다.

*　　　　*　　　　*

사토리의 선향 불꽃이 타닥타닥 불꽃을 흩날리고 있다.

불똥은 천천히 지노를 타고 오른다.

올라가면서 점점 작아지던 주황빛 불은 마지막엔 지면으로 똑 떨어진다.

"아이참, 사토리 씨의 선향 불꽃은 어떻게 그렇게 오래 타죠?"

유카타 소맷자락을 쥔 키요코가 새 선향 불꽃의 지노 끝에 초를 대 불을 붙였다.

"오래 태우는 요령은 사십오 도 각도로 드는 거야. 이렇게."

사토리가 키요코의 손에 손가락을 갖다대며 각도를 바로 잡았다.

툇마루에 앉은 큰마님은 어깨를 맞대고 사이좋게 앉은 그 모습을 바라보며 흐뭇하게 미소 지었다.

"젊은 남녀 모습이 보기 좋구나. 아주 빛이 나. 슈이치와 시즈가 결혼한 지 얼마 안 됐을 적 모습도 떠오르고."

사토리는 저녁에 조금 몸이 나아진 큰마님을 불꽃놀이를 함께 하자며 툇마루로 불렀다.

가족들의 불꽃놀이 시간에 나도 큰마님의 시중을 들기 위해 함께 불려왔다.

"어머, 어머님. 저도 시집온 지 아직 오 년밖에 안 됐어요. 그렇게 옛날이야기처럼 말씀하시면 어떡해요."

큰마님 곁에서 시즈는 여느 때와 달리 여유로운 표정으로 살랑살랑 부채를 부치고 있다. 슈이치도 곁에서 조용히 담배를 피우고 있었다.

"불꽃놀이도 오랜만에 보는구나. 참 예뻐."

"사토리 도련님이 돌아오시니 집이 떠들썩해졌네요."

"일본에서 지금 해둘 수 있는 일은 다 해두고 싶을 거예요."

사토리가 평상에 걸터앉아 물통에서 차게 식힌 병을 꺼내 들었다.

그 옆에 앉은 키요코가 사토리의 손에 들린 병을 건네받으며 말한다.

"우리 독일에도 불꽃을 가져가요. 그곳 사람들에게 일본의 선향 불꽃을 보여주자구요."

"'우리' 요?"

고개를 갸우뚱하는 시즈에게 키요코가 화사한 웃음을 지

어 보인다.

"저도 사토리 씨를 따라가기로 했어요. 사 년 동안 독일에서 살 거예요."

"어머, 세상에."

시즈의 부채가 움직임을 멈추었다.

"부인이 유학길을 따라가는 게 가능한가요?"

"아버지가 체재비를 대주시겠다고 하셨어요. 물론 조건상 국비유학자인 사토리 씨와 함께 살 수는 없지만요."

키요코는 행복해 어쩔 줄 모르는 얼굴로 사토리의 대나무 술잔에 술을 따르며 말했다.

"아까 사토리 씨의 허락도 받았어요. 이제 사토리 씨가 하숙할 곳 가까이에 집을 알아볼 생각이에요."

"어머, 키요코 씨는 정말 추진력도 좋네요."

시즈의 말 속에는 '어디 우리에겐 양해도 없이'란 불만이 숨어 있었다.

사토리는 조용히 술을 입에 머금었다.

"사 년이나 혼자 기다리게 하려니 애처로워서요. 키요코 씨는 아버님의 사업 덕분에 해외생활에도 익숙하고요."

"용케 결심해 주었구나."

큰마님이 쉰 목소리로 말하며 키요코에게 머리를 숙인다.

"부부란 서로의 긴 인생을 나누어 갖는 사람들이란다. 그러니 늘 함께해야지. 정말 고맙다."

"어머 아주머님, 아니에요. 당연한 거죠. 저는 사토리 씨가 거절해도 맘대로 따라갈 생각이었는걸요."

"사토리 도련님, 평생 공처가로 사시겠네요."

시즈가 이렇게 말하고 크게 웃었다.

"어머니."

사토리가 선향 불꽃 상자를 들고 평상에서 일어선다.

"어머니도 불꽃놀이 같이 해요. 형이랑 형수님도요."

하며 툇마루에 앉아 있던 세 사람에게 선향 불꽃을 하나씩 건넨다.

그가 큰마님 곁으로 왔다. 큰마님을 사이에 두고 내 반대편에 앉았다.

"어머, 너희가 더 많이 하지 않고."

"자, 불붙여요."

가볍게 손사래 치던 큰마님이 건네받은 지노 끝에 사토리가 초를 갖다댄다.

타닥타닥……

작은 꽃이 피어오르듯 불꽃이 흩날린다.

"어머나, 예뻐라……"

큰마님이 기쁜 표정으로 자신의 손끝에서 터지는 불꽃을 바라보았다.

꽃은 순간순간 모습을 바꿔간다.

꽃잎을 녹여 어둠 속을 비춘다.

깜박거리는 작은 불꽃이 비추는 사토리의 얼굴이 등빛으로 남실댄다.

하지만 그의 눈은 결코 나를 보지 않는다.

나 또한 지금 엉겁결에 눈을 올려다보았을 뿐.

얼마 남지 않았어.

조금만 더 참으면.

사토리가 일본을 떠나면 필시 이 괴로움도 조금은 나아지리라—

"네네, 너도 하렴. 사토리, 네네도 하나 줘."

"네······?"

나는 깜짝 놀라 급하게 손을 가로저었다.

"저는… 보기만 해도 충분히 즐겁습니다."

"괜찮아, 옛날에는 너도 자주 함께했잖니?"

"…네, 하지만."

"기억난다. 슈이치가 쥐불을 돌리면 네네가 놀라서 사토리의 뒤에 숨었었지. 넌 선향 불꽃을 가장 좋아했어."

사토리가 일어나 지노 상자에서 하나를 골라냈다.

그걸 나에게 건넨다.

주뼛주뼛 손을 내밀었다.

심장이 쿵쾅대고 피부에는 땀이 맺힌다.

"불은 제가 붙일게요."

바닥에 세워둔 초로 손을 뻗었다.

동시에 초를 잡으려던 사토리의 손에 내 손이 닿는다.

"아……."

툭―

서로 손을 뻗은 반동으로 초가 넘어졌다.

"죄, 죄송합니다……."

넘어진 초를 잡으려고 다시 팔을 뻗는다.

사토리는 그 손을 가로막으며 말했다.

"위험해."

그가 초를 들고 내 앞에 비스듬히 쭈그려 앉는다.

"자, 붙여."

"…고맙습니다."

나는 흔들리는 손을 들키지 않으려 필사적으로 손에 힘을 주며 불에 지노를 갖다댄다.

선향 불꽃을 잡는 법은 기억하고 있다. 사십오 도 각도.

그 옛날 사토리에게 배운 대로―

타닥…….

지노 끝에서 불꽃이 흩날리기 시작한다.

마치 꽃과 같은, 밤하늘의 별과 같은 광채가 손끝에서 반짝였다.

"젊은 여자가 선향 불꽃을 태우는 모습은 사랑스럽구나. 한창 짧은 광휘의 순간을 살고 있는 사람이어서 더더욱 이 불꽃과 잘 어울리는 걸까."

큰마님의 말씀에 뭐라 답하면 좋을지 몰라 나는 그저 긴장한 채 불꽃을 바라보았다.

"이런, 네네의 불꽃만 보다가 정작 내 것이 벌써 끝난 걸 몰랐네."

"어머니, 하나 더 하세요."

슈이치가 새 선향 불꽃을 큰마님에게 건넨다.

"누구 게 더 오래 탈지 비교해 볼까요?"

"그러고 보니 옛날에도 자주 경쟁을 했어. 너희 아버지 불꽃이 가장 오래 탔었지."

큰마님과 슈이치의 불꽃에 불이 붙었다.

시즈와 키요코가 그 모습을 지켜본다.

그쪽을 슬쩍 보고 다시금 시선을 내 불꽃으로 돌렸을 때, 나는 깜짝 놀랐다.

사토리가 나를 보고 있었던 것이다.

'아······.'

눈이 마주친 순간 그의 눈은 곧장 시선을 거둔다.

타닥타닥…

타닥타닥타닥······.

사토리의 눈은 다시 선향 불꽃으로 향했다.

불꽃으로 눈을 돌렸던 나는 다시 한 번 마지막으로 사토리를 바라보았다. 이리도 가까이에서 이분을 바라볼 수 있는 것도 이게 마지막일 테니.

등빛으로 은은히 빛나는 사토리의 얼굴이 이 세상의 것이 아닌 것처럼 아름답고 덧없다.

당신이 이 세상의 것이 아니라면, 나 또한 이 시간을 멈추고 이 순간 속에 나를 가둬둘 수 있게 허락해 주길.

당신을 가까이에서 느낄 수 있도록 허락해 주세요.

타닥타닥타닥…….

불꽃이 천천히 지노를 타고 오른다.

이대로 꺼지지 않고 손을 태우고 올라 내 몸까지 불태워준다면 좋을 텐데.

그러면 당신은 쭉 그 눈으로 나를 바라봐줄 텐데.

나는 몸을 불태워 당신을 아름답게 비출 텐데.

당신만을 위해 내 몸을 불태워서—

타닥타닥…….

타닥타닥타닥…….

10화
갇혀 버린 나날

한번 일어난 일은 지울 수 없다.

아무리 감추려고 해봤자 소용없다.

과거는 방바닥에, 기둥에, 천장에, 보이지 않는 그림자가
되어 드리운다.

"널 구해줄게."

가게 종업원이던 고시치가 갑자기 내게 말을 건 것은 안개
너머 반달이 뜬, 꼭 이런 밤이었다.

토방에서 우물로 나가는 나를 기다리고 있던 그가 기둥 뒤
그림자 속에서 팔을 잡아끌었다.

"무슨… 소리를……."

날카로운 빛을 띤 고시치의 눈에는 두려움이 가득했다.

고시치가 내 손에서 대야를 빼앗아 바닥에 내려놓았다.

아무것도 들지 않은 양팔이 다시금 그에게 꽉 쥐어졌다.

"네가 주인 나리 방에서 무슨 짓을 당하고 있는지 다 알아."

낮게 속삭이던 고시치가 내 손목을 매만졌다.

"자국이 남지 않게 수건을 두른 위에 밧줄을 묶지? 흔적이 없다고 아픔도 없는 게 아닌데."

"무슨… 무슨 소리를……."

고시치는 내 손목을 자기 입가에 갖다대고 뾰족한 혀로 슬쩍 핥았다.

눈은 초승달처럼 날카롭게 나를 바라보고 있었다.

"이 손 놔요……!"

"언제부터야? 네가 이 집에 온지 십 년이 다 되어가는데. 주인 나리와의 관계는 언제부터였던 거야?"

도망치려는 내 팔을 더 세게 잡고 그는 나를 벽으로 몰아세운다.

온몸의 모공에서 바늘이 뚫고 나오는 것처럼 고통스레 소름이 끼쳐왔다.

땀 냄새가 나는 고시치의 몸과 밤공기에 축축해진 벽 사이에 붙들린 채로 나는 혼란을 느꼈다.

들키고 만 것이다. 결국… 왜… 하필이면 이 남자에게.

그는 전부터 내게 말을 걸어오던 남자였다.

일도 잘 하고 손님들의 신임도 좋다.

하지만 빈틈이 없는 것과는 또 다른 그의 편집적인 성질을, 내게 향하는 집요한 시선에서 나는 이미 느끼고 있었다.

"나를 거부한 건 주인 나리 때문이야?"

눈을 부라리는 그의 얼굴과 숨결이 가까이 다가온다.

"고용기간이 만료되어도 계속 이곳에 있는 건 주인 나리에게 복종하기 위해서냐고?"

"대체 어떻게… 어떻게……?"

"어젯밤 여자들 방에 찾아갔었어. 딱 한 번만 네 이름을 불러보고 혹시 나온다면 이야기를 나누고 싶었지."

그랬는데… 하고 그의 두꺼운 눈썹이 씰룩 인상을 썼다.

"몰래 주변을 살피며 네가 문을 나선 거야."

"아……."

내 몸은 학질에 걸린 사람처럼 와들와들 떨렸다.

"변소에 가나 했는데 발소리를 죽이는 모양이 짜증날 정도로 능숙하더군. 의심스러워 뒤를 밟아봤더니……."

—본 거야.

주인 나리의 방에서 노리개처럼 농락당하던 나를.

"제길……!"

고시치가 이를 갈며 내 손목을 비틀었다.

"싫다고 하면서도 넌 몇 번이고 울면서 만족하고 있었어.

제발 그만해 달라며 울부짖으면서도 아주 격렬하게 즐기고 있었지."

그가 내게 하복부를 눌러왔다.

그의 사타구니가 강철처럼 단단해져 있었다.

"난 쭉 너만을 마음에 품어왔어. 네가 스무 살이 되는 날에는 청혼을 하려고 열심히도 일해왔다고."

"싫어, 부탁이야. 용서해 줘요……."

잔뜩 겁에 질린 나는 필사적으로 애원했다.

그러면서 생각했다.

용서해 달라… 이젠 습관이 되어 버린 말.

괴로울 때마다 자연스레 새어나오는 말.

그 말을 하고 용서받은 적은 단 한 번도 없었는데.

오히려 더 격렬하게 몸을 희롱당하고 부서뜨려지기만 했을 뿐인데.

─다 알면서도 나의 몸은 그 말을 뱉는다.

흥분한 가랑이 사이를 과시하듯 허리를 움직이며 고시치가 호흡을 흐뜨렸다.

"네네, 난 널 절대 포기할 수 없어. 포기할 수 있을 것 같아?"

거친 숨이 내 목덜미를 적신다. 그의 허리 움직임이 점점 빨라진다.

"내가 그놈에게 복수해 줄게."

그 말에 나는 흠칫 고시치를 올려다보았다.

빨갛게 달아오른 그의 눈이 정면으로 나를 응시했다.

"다음에 주인 나리의 방에 가는 게 언제야? 그때 내가 방으로 쳐들어가 그 영감을 제압해 주겠어."

"그런 건……."

불가능하다고 말하려던 입이 '응……' 하고 비음을 흘렸다.

내 몸에 스친 그의 하반신에서 거친 맥이 뛰었다.

움찔움찔—

압박감에 휘둘리는 부끄러운 언덕이 뜨거운 물을 가득 담은 듯이 점점 부풀어 오른다.

"나 혼자서는 힘들어. 그놈은 널 희롱하고 있을 때조차 빈틈이 없으니. 방에 장식된 일본도라도 꺼내 든다면 난 눈 깜짝할 사이에 잡히고 말 거야."

그래……. 주인 나리는 이 남자를 벨지도 몰라. 그리고 나를 방에 돌려보낸 다음 이 남자가 습격해 온 듯한 모양새를 만들고 사람을 부르겠지.

"하지만 우리 둘이 함께라면 어떻게든 될 거야. 네 손발이 자유로워지는 틈에 그 놈의 움직임을 봉쇄해."

"그런… 대체 어떻게……?"

밀착된 허벅지 사이로 비밀스런 내부가 욱신 저려왔다.

하아하아, 거친 숨을 내뿜으며 고시치가 쉰 목소리로 연신 속삭인다. 그의 눈은 나를 노려보듯이 바라본다.

"남자는 내보낼 때 빈틈투성이가 돼. 아무리 손이 묶인 힘 없는 여자라도 그 순간만은 남자를 이길 수 있어."

"하지만, 하지만……."

"넌 있는 힘껏 그놈을 발로 차. 얼굴이나 급소, 배, 어디든지."

"그런 건 무리야… 내겐……."

"그 틈에 내가 쳐들어갈게. 그놈은 네가 있는 방에 다른 사람을 부를 수 없을 테니."

아래위로 움직이는 허벅지 사이의 압박이 들썩대는 하복부를 바로 공격했다.

"앗……."

나를 세게 껴안고 볼과 귀를 깨무는 것처럼 입을 맞추는 고시치의 허리 동작에 가속이 붙었다.

"그렇게 그놈을 제압하고 금고 비밀 번호를 알아내는 거야."

"아아, 아아……."

공포는 정욕을 몰아치게 만든다. 은밀한 아래쪽의 살이 꿈틀거리기 시작했다.

"그놈은 매일 그날 매상을 침실 금고에 넣어둬. 그걸 빼앗아 함께 달아나자고."

"하지만 그런……."

"괜찮아, 네네."

뱀 같은 눈이 다시 한 번 나를 본다.

"네가 어젯밤 주인 나리 아래에서 계속 싫다고 하며 울던 건 진심이었지? 네가 원해서 한 게 아니었잖아."

사나운 그의 가랑이 사이가 내 하반신을 더더욱 세게 눌러 왔다.

고시치의 흥분이 내 온몸에도 옮겨왔다.

구해준다… 달아난다……?

열한 살 때부터 주인 나리에게 계속 붙잡혀 있던 내 몸이 자유로워진다……?

"다음에 주인 나리가 부르면 나에게 알려. 그날이 우리의 새로운 인생이 시작될 날이야. 그리고—"

가슴이 난폭하게 붙들린다.

"흐읏……!"

"이 몸을 내가 안아줄게. 아주 실컷, 철저하게. 내 것으로 만들어주겠어."

그가 손가락에 강한 힘을 주어 내 가슴을 주물렀다.

유선이 비틀릴 정도의 아픔에 나는 참지 못하고 울음과도 닮은 비명을 흘렸다.

이 집을 나간다니…….

정말로……?

주인 나리의 노리갯감으로 살아왔던 날들에서 달아날 수

있다니…….

이루어질 수 있을까……?

오늘 밤, 오늘 밤—

*   *   *

「알겠지? 오늘 밤 난 미닫이문 그림자 너머에서 지켜보고 있을 게. 넌 내가 알려준 대로만 하면 돼.」

고시치의 말을 귓속에서 반복하며 나는 주인 나리의 침실로 향했다.

미닫이문을 열자 주인 나리가 이불 위에 책상다리를 하고 앉아 있었다.

반듯하게 허리를 곧추세우고 낮 동안과 마찬가지로 위엄을 띤 미소를 지으며. 베갯맡에는 내게 입힐 기모노와 밧줄, 입에 물릴 수건 등을 가게에 진열하는 상품처럼 깔끔하게 포개 두었다.

"왜 그러느냐? 어서 오거라."

"아, 네……."

평소와 다른 모습을 보여서는 안 돼.

나는 주인 나리의 무릎께로 무릎을 꿇은 채 다가가 방바닥 위에 손을 모았다.

"오늘은 가게에 좋은 전통 기모노가 들어왔다. 에도 시대에 만들어진 화려한 비단 염색 기모노지. 어둠 속 등나무를 표현한 무늬가 아름답지 않느냐?"

나는 평소처럼 기모노를 건네받고는 주인 나리께 등을 돌려 잠옷을 벗은 맨살에 옷을 직접 걸쳤다.

흐르는 물을 표현한 무늬가 그려진 허리띠를 길게 늘어뜨려 묶고 다시 주인 나리를 향해 돌아선다.

"생각했던 대로야. 네년의 하얀 피부에 잘 어울리는구나."

주인 나리가 내 손을 잡아끈다.

손목에 수건을 대고 그 위로 밧줄을 동여맨다.

스륵스륵, 밧줄끼리 스치는 마찰음이 들려온다.

살과 뼈가 죄여와 타인에게 힘을 빼앗겨 버리는 듯한 감각—

밧줄 끝이 문지방을 지나 끌어올려진다.

나는 다다미 바닥에 무릎을 꿇고 비스듬히 앉아 손만 위로 동여매인 모습이 되었다.

"아름다워. 네년 같은 여자를 손에 넣다니, 난 정말 행복하구나."

손이 가슴께로 뻗어온다.

단정하게 막 다듬은 옷깃 매무새가 양옆으로 과격하게 벌어진다.

공기 중에 드러난 젖가슴으로 길고 말끔한 손가락이 다가와 이리저리 어루만진다.

"아……."

곧바로 흠칫흠칫 애달픈 쾌감이 끓어오른다.

손가락이 미끄러질 때마다 가슴 위 솜털이 쭈뼛쭈뼛 곤두선다.

손끝은 가슴 아랫부분을 부드럽게 매만지다가 언덕을 올라 정상에 내려앉은 분홍빛 꽃잎 위에서 원을 그린다.

만져지는 것도, 만져지지 않는 것도 같은 미미한 힘이 그리는 원은 서서히 그 둘레가 작아지다가 결국 봉긋 솟은 민감한 돌기를 에워싼다.

"이미 젖꼭지가 아파보일 정도로 부풀었지 않느냐."

"으… 아아……."

허리가 주인 나리를 향해 움찔움찔 흔들린다.

그곳을… 그 가운데를 만져주세요… 라고 조르는 것처럼.

"못 기다리겠는 모양이구나. 그 야릇한 눈으로 애원해 보려무나. 이몸을 지그시 보며 '만져주세요'라고 해보거라."

'아아, 제발, 살갗 아래에서 쾌감이 터져 버릴 것 같아……'

만져 주세요, 어서… 그곳을… 만져 주세요…….

"후후후……."

주인 나리의 히죽이는 소리와 함께 분홍빛 살점이 가볍게 쥐어졌다.

"아흐으으읏!"

끼익 하는 문지방 소리가 울리며 상반신이 거세게 흔들린다.

온몸을 떨게 만드는 예감의 달콤한 전율은 이제 막 시작되었다고, 이제부터 나를 삼켜 버릴 파도가 더 높아질 거라고 살갗에 알려온다.

"네년의 그 얼굴이 이몸을 유혹하니 말이다."

자그마한 분홍빛 살점을 누른 상태에서 손끝이 조금씩 움직인다.

"아아, 아아, 아앗……."

나는 앞뒤 양옆으로 상체를 흔들어 점점 높아지는 신음을 흘린다.

어렴풋한 강도로 만지작거려지는 살점에 온몸의 모든 감각이 집중한다.

더 세차게 꼬집어줘—

젖꼭지를 짓눌러 버릴 것처럼 마구 비틀어줘……!

덜컹—

그때 미닫이문 너머에서 소리가 났다.

나는 반쯤 방심한 상태로 그쪽에 눈을 돌렸다.

미닫이문 틈새에서 우리를 훔쳐보고 있을 고시치의 낌새가 느껴진다.

주인 나리에게 만져지면서 음탕하게 만족하고 있는 내가

고시치의 눈에 지금 어떻게 비쳐지고 있을까.

그런 생각을 하자 내 시선은 자연스레 족자 속 호랑이에게로 옮겨갔다.

내 한심해빠진 꼴을 길고 날카로운 안구에 각인해 온 호랑이의 눈—

"왜 그러느냐, 쥐새끼라도 있더냐?"

주인 나리의 손가락이 살점을 더욱 세게 눌러온다.

"아니… 요… 아아, 아아아."

내 의식은 또다시 젖꼭지를 뭉개는 손끝에게로 돌아간다.

허리가 저절로 비틀리고 있다.

젖꼭지의 쾌감이 서서히 전파되어 여기도 만져달라며 부탁한다.

"네년만큼 야릇하게 아름다운 여자는 없어. 안으면 안을수록 성스러울 정도로 음탕해지니."

주인 나리의 한 손은 젖꼭지를 만지작거리고 다른 한쪽 손은 허리띠 아래로 뻗어간다.

치맛자락이 벗겨져 밖으로 드러난 무릎 뒤로 손가락이 끼워진다.

"아아……."

두 다리가 양옆으로 넓게 벌어진다.

"벌써 여기가 젖어서 빛나고 있군. 황홀한 풍경이로다."

벌어진 두 다리는 미닫이문 쪽을 향해 있었다.

문 틈새 너머에서 거친 숨소리가 들려오는 것만 같다.

"아아, 하아, 하아……."

"이 입이 욕망하며 빠끔 열려 있구나."

주인 나리의 손끝이 흠뻑 이슬을 머금은 수풀을 헤쳐 나간다.

치모가 흔들리는 자극에 짜릿짜릿한 모근의 감각이 온몸으로 퍼진다.

"하아아……. 웃."

"안쪽 분홍빛 점막이 움찔움찔 움직이고 있던걸. 네년도 알고 있겠지."

"아앗, 더는… 부탁……."

팽팽하게 당겨진 밧줄에 문지방이 삐걱거린다. 나는 온몸을 비틀며 간절히 바랐다.

"더는? 뭘 말이더냐?"

"주인 나리… 여기가 견딜 수 없이… 괴롭습니다……."

몸 한가운데의 안과 밖이 당장에라도 녹아버릴 듯이 이글이글 끓어오르고 있다.

몸속에 숨겨졌던 불덩어리가 타오른다. 그 불에 데인 살갗이 한층 더 격렬한 불길을 고대한다.

덜컹―

또 미닫이문 너머가 움직였다.

구 년 전, 이렇게 유린되어 온몸이 고시치에게 두 번이나 드러난 셈이다.

―단 두 번.

"쥐새끼가 그리도 신경 쓰이느냐?"

주인 나리의 손끝이 갈라진 틈새의 피부를 슥 매만진다.

"아흐읏……!"

온몸이 움찔 튀어 오른다.

손가락이 천천히 반대편 틈새의 피부로 기어 내려가 가운데 골짜기를 기점으로 이번에는 다시 반대 방향을 오른다.

"하, 아, 아아, 아아아앗."

"우리를 방해하는 건 제아무리 쥐새끼라도 처리해야겠지."

"아아, 아아아아……. 읏."

들어올 듯 들어오지 않는 손가락이 갈라진 틈새의 겉에서만 헤엄친다.

극심한 희열이 점막을 누비듯 끓어올라 은밀한 살갗을 뒤덮어 버린다.

"부, 탁드립… 좀 더……."

그러나 손가락은 원하는 곳까지 들어와 주지 않는다.

희열의 언덕을 천천히 맴돌며 살갗을 미치도록 애태울 뿐.

"아아아, 주인 나리……!"

"네년이 데려온 쥐새끼더냐?"

내 귓가에 속삭여진 말에 깜짝 놀라 나는 주인 나리를 올려다보았다.

뺨에 욕정의 눈물이 흐른다.

"솔직히 말해라. 그럼 더 깊이 넣어주지."

손끝이 슬며시 틈새를 비집고 들어온다.

나는 울먹이며 말했다.

"용서해… 주십시오……. 저 미닫이문 너머에……."

"좋아, 착하다. 네년이 쫓아내지 못한 쥐새끼였던 게로구나."

푸욱— 단숨에 손가락이 밀고 들어온다.

"아아아앗!"

움찔움찔—

온몸이 순식간에 솟아오르듯 뒤로 젖혀졌다.

마치 쐐기가 박힌 것처럼, 그 이상 몸이 움직이지 않았다.

철퍽철퍽, 질퍽질퍽—

손가락이 파도를 만들어낸다. 내부의 살이 거칠게 긁히며 휘저어진다.

쾌감의 덩어리가 폭발하자 산산이 흩어진 불꽃이 몸속을 불태우기 시작한다.

"아아아, 아아아앗!"

"안심하려무나. 쥐새끼는 이몸께서 퇴치해 둘 테니."

주인 나리의 말도 이제는 머릿속을 울릴 뿐이다.

나는 손목의 밧줄을 거세게 흔들며 손끝으로 허공을 할퀴었다. 그저 꼭대기까지 올라야 했다.

다다르고 싶어,

이대로 산산이 부서져 버리고 싶어—!

—절정의 파도에 몸을 던진다. 이제는 그것밖에 생각할 수 없었다.

11화
좋을 대로 해

안뜰에서 무언가 소리가 들렸다.

"어머, 무슨 소릴까?"

젓가락을 든 손을 멈추고 큰마님이 뜰 쪽으로 눈을 돌렸다.

"아, 무슨 소리가 들렸나요? 제가 살펴보고 오겠습니다."

나는 알아차리지 못한 척하며 자리를 나섰다.

뜰에 내려가 살펴보니 예상대로 등불에 비친 시뻘건 돌멩이가 바닥을 구르고 있다.

도살된 소의 피를 묻힌 돌.

고시치가 보내는 신호.

『오늘 밤 절로 와.』

급히 돌을 허리띠 사이에 숨기고 방으로 돌아갔다.

"살펴봤지만 아무것도 없던걸요."

"그러니? 기분 탓일까. 요즘은 귀도 잘 안 들려서 이상한 소리가 나면 불안하단다."

늙는 건 참 싫은 일이야, 라며 큰마님은 입가에 소맷부리를 대고 웃는다.

"무슨 말씀이세요. 큰마님은 충분히 젊으세요. 게다가 요즘은 식욕도 돌아오셨고요."

나는 웃는 얼굴을 만들어 보이고 싹 비워진 저녁 밥상을 들고 일어섰다.

"자리에 드시기 전에 끓인 물을 가져다드릴게요. 뭐 다른 게 필요하시면 종을 울려 절 부르세요."

"그래, 고맙다."

미닫이문을 닫고 부엌으로 향했다.

걷는 동안 쟁반을 든 손에 땀이 흐른다.

숨이 막혀 온다.

핏빛 조약돌이 허리띠 아래에서 폐를 짓이기고 있는 것 같다.

벌써 몇 번이나 이렇게 신호용 돌멩이를 집 안으로 던졌던가.

그때마다 나는 고분고분 고시치에게 갈 수밖에 없다.

대체 언제까지 이런 일이 이어지게 될까.

"이치로, 이쪽."

깜짝 놀랐다.

응접실에서 툇마루를 향해 아장아장 걷던 이치로가 금세 넘어져 바닥에 손을 짚었다.

"그것 봐, 삼촌이 말했잖아."

아이의 뒤를 집에 막 돌아온 듯한 사토리가 쫓았다.

이치로는 일어나 걷는 것이 즐거워서 어쩔 줄 모르겠다는 모습으로 또 일어서려고 한다.

"걸으려면 이쪽으로 와. 이제 목욕할 시간이니까."

사토리가 아기를 뒤에서 안아 들었다.

"넌 정말 한시도 가만히 있질 못하는 녀석이구나. 툇마루는 혼자 나가면 안 된다고—"

품 안에서도 계속 바동거리는 이치로를 안고 실내로 들어오려던 사토리가 나를 발견했다.

그 눈에 기가 죽은 나는 쟁반을 떨어뜨릴 뻔했다.

"죄송합니다, 사토리 도련님!"

응접실에서 유모인 카요가 달려 나온다.

"깜박 한눈을 팔아 죄송합니다!"

"정말이지, 걷기 시작한 아기는 한번 놓치면 다시 찾는 게 어려워서 말입니다."

카요가 송구해하며 이치로를 받아 들고 옆방으로 돌아갔다.

툇마루에 단둘이 남아 사토리가 다시 한 번 나를 보았다.

"실례하겠습니다……."

그 곁을 빠른 걸음으로 지나치려는 순간,

"네네."

사토리가 예기치 않게 나를 멈춰 세운다.

몸이 움츠러들 새도 없이 사토리가 내 얼굴을 들여다봤다.

"얼굴색이 제법 안 좋은데?"

"네? 그런… 가요……?"

나를 똑바로 바라보는 그의 눈에, 내 피부에는 또 땀이 맺힌다.

"건강이 안 좋아진 거 아니야?"

"아뇨……."

"잠깐 혀를 좀 내밀어봐."

"……괜찮습니다."

사토리는 그렇게 내 눈과 입술 색을 살핀다. 하지만 그 걱정스러운 표정은 어디까지나 의사로서의 걱정과 하인을 고용한 집안의 책임에 가까운 것이겠지…….

"빈혈이 생긴 것 같은데, 열은 어때?"

"괜찮아요……!"

나는 이마에 손을 갖다대려던 사토리에게서 물러섰다.

사토리는 순간 상처받은 표정을 띠우고 금세 자신도 반걸음 물러섰다.

"……완강하네."

"괜찮… 으니까요."

꾸벅 인사를 하고 이번엔 정말 사토리에게서 등을 돌려 부엌으로 향했다.

이렇게 가까운 거리에서 사토리와 마주하는 건 무리였다.

몸이 제멋대로 과잉반응을 해버리니—

"네네."

모퉁이를 돌기 직전에 그가 다시 말을 걸어왔다.

"……네."

나는 고개를 숙인 채로 뒤돌아보았다.

"…요즘 밤늦게 돌아다니는 것 같던데."

'아…….'

고개를 들었다.

"혹시 몰래 만나는 남자라도 생긴 거야?"

그렇게 말하더니 사토리는 자신의 말을 후회하는 듯 시선을 회피했다. 그리고는,

"네 마음대로 해도 돼. 건강에만 주의한다면."

"일을 소홀히 할 만한 일은…… 하지 않을 거예요."

세 번째 인사를 하고 나는 복도 모퉁이를 돌았다.

눈 속이 뜨겁다.

내뱉는 숨이 화끈거린다.

조금 전 고시치의 호출이 내 안에서 공포로 변해 마음을 항진시키고 있다.

오늘 밤은 무슨 짓을 당할지.

공포가 짐승의 피를 술렁이게 한다.

한번 일어난 일은 사라지지 않는다.

아무리 자기 외에 아무도 모르는 일이라도.

사건은 내 몸에 달라붙어 살갗에 사무치고 무게중심을 흐트러뜨려 마음을 불안정하게 만든다.

*   *   *

철퍽, 철퍽—

살덩어리가 등 뒤에서 내 안을 관통하고 있다.

"아아, 아……."

잡초에 얼굴을 묻고 동여매인 양손으로 흙덩이를 할퀸다.

"네네… 오, 으……."

벌써 두 번째였다.

첫 번째 사정을 마치고도 몸 안을 떠날 줄 모르던 고시치의 살덩어리가 또다시 욕망으로 팽창해 격렬하게 내부를 드나들고 있다.

고시치는 자신의 손톱이 내 맨살에 박힐 만큼 내 허리를 세게 붙들고 자신을 부딪쳐 온다.

"오늘은 온종일 네 생각이 한순간도 머릿속을 떠나지 않았어. 널 만나면 만날수록 안고 싶어져."

"아웅, 아으으웅!"

나의 하반신도 완전히 충혈되어 고시치의 살을 빈틈없이 조여대고 있다.

이미 절정에 달했던 몸은 다시금 쉽게 절정으로 향한다.

"아아, 더는, 나……."

"나온다, 나와……!"

솟아오른 고시치의 살기둥이 여성의 내부를 거칠게 긁어내며 빠져나간다.

살기둥 끝이 한층 더 터질 듯이 부풀어 오른다.

"하아, 아아앗!"

물보라가 뿜어지자 절정감이 용솟음쳤다.

"우어, 오, 오, 오……."

가장 깊숙한 곳까지 가로지른 채로 고시치가 움직임을 멈춘다.

두근두근, 두근──

고시치의 살덩어리에서 거세게 뛰는 맥박이 밀착된 점막에 그의 욕망을 분출시켰다.

"아아, 아아……."

모두 내보낸 고시치가 녹초가 되어 내 위로 고꾸라진다.

고시치에게 온몸이 덮쳐진 나도 지면에 엎드렸다.

거칠거칠한 땅바닥에 둔탁한 고동이 반사되어 울린다.

분출된 두 사람의 점액으로 흠뻑 젖은 나의 여성에서는 아직도 고시치가 빠져나가지 않은 상태였다.

고시치가 지면과 내 몸 사이에 손을 끼워 넣고 가슴을 쥐어온다.

"그만… 떨어져……."

제대로 소리를 내 말할 기운도 더는 남아 있지 않다. 고시치가 두 번 사정을 마칠 때까지 몇 번이나 절정에 다다랐던지.

"안 되겠어, 아직 너에게서 떨어지고 싶지 않아."

고시치가 수풀에 아무렇게나 벗어던진 옷더미를 뒤적여 내 허리끈을 끌어당겼다.

그 끈이 내 목에 감긴다.

"아웃……!"

끈이 뒤로 잡아당겨진다.

내 상체가 낚싯대에 걸린 은어처럼 뒤로 휜다.

"싫, 어… 으윽, 으……."

"절정에 달할 때마다 넌 항상 죽을 것 같다는 둥 허튼소리를 하며 신음하던데. 정말 죽으면 더 기분이 좋지 않겠어?"

내 목 뒤에서 끈을 비틀고 고시치는 말의 고삐를 잡듯이

팽팽하게 잡아당긴다.

기도가 눌려 숨을 들이마실 수도 내뱉을 수도 없다.

목을 흔들어 발버둥치자 끈이 더 억세게 졸려온다.

동여매인 팔로는 상체를 지탱하는 것이 고작이었다. 고시치가 덮쳐오는 무게 때문에 몸을 꼼짝달싹할 수 없다.

"으읏… 으, 으으으……!"

발톱으로 지면을 긁어댔다.

폐가 쪼그라들어 폭풍을 일으키고 있다.

산소가 부족해진 뇌가 깜빡깜빡하며 의식을 잃어가기 시작한다. 머리로는 뜨거운 피만 잔뜩 쏠린다.

괴로… 워…….

난 역시 이렇게 죽는 걸까……?

큰주인 나리가 사라졌으니 이젠 나를 죽일 고시치가 나타난 건가……?

두개골이 파열될 것처럼 머릿속이 부풀어 오르며 의식이 희미해지던 찰나—

고삐가 슬며시 풀린다.

"—쿨럭, 쿨럭……!"

나는 몸을 웅크리고 필사적으로 숨을 들이마셨다.

목과 폐에서 거친 소리를 내며 어깨를 아래위로 움직여 힘겹게 숨을 쉰다. 그런 나의 젖가슴을 고시치가 꽉 움켜잡고 마구 주무른다.

"난 아직도 기억해. 네가 날 배신한 그날 밤을. 주인 나리에게 다리를 벌리고 욕정에 가득 찬 눈으로 나를 팔아넘기던 네 그 모습을."

관절이 굵은 거친 손가락이 부드러운 살에 박힌다.

"너에게 미쳐 버릴 만큼 그날 밤의 네가 증오스러워. 그리고 무서워. 가르쳐 줘, 사실 넌 주인 나리를 사모하고 있었던 거야?"

"……아니."

목이 메여 대답했다.

"정말이야? 그럼 주인 나리와 나, 누가 더 좋아?"

손가락 끝이 젖꼭지를 이리저리 굴리기 시작한다.

거스러미가 인 발부리가 음란한 피부를 할퀴어 온다.

간신히 산소가 고루 퍼진 몸속에 이번에는 달콤한 아픔이 소리도 없이 다가온다.

"다 알면서 묻지 마……."

지금은 너밖에 없는걸……. 마찬가지로 그때는 큰주인 나리밖에 없었다.

내 몸의 굶주림을 채워준다면 이제 누구라도 상관없다—

"더 확실히 대답해."

고시치가 젖꼭지 위에 손톱을 세워 할퀸다.

"웃……."

따끔한 아픔이 피부를 찌른다.

아픔은 혈액의 흐름을 한순간 활발하게 만들어 한 가지 기시감을 선사한다.

아까 목을 졸려 희미해지는 의식 속에서 들었던 생각.

죽어도 좋다고—

큰주인 나리에게 노리개 취급을 당할 때마다 언제나 그 생각이 나를 에워쌌다.

차라리 죽고 싶다고—

나를 죽여 달라고—

스스로를 죽일 힘은 내게 없으니.

그렇다면 누군가 나를 죽여주면 될 일.

이렇게 똑같은 짓을 반복할 수밖에 없다면 내 몸을 없애버리면 되겠지.

"내게 절정에 이른다는 건 죽는 것과 마찬가지인걸."

"뭐? 잘 안 들렸어."

"다른 사람은 달라? 내가 살고 있는 곳은 그렇게 남들과는 다른 곳이야?"

잡초에 볼을 파묻은 채로 고시치를 돌아보았다.

"괜찮아. 좋을 대로 해. 아마 그게 내가 가장 바라는 걸 테니."

주변이 희미하게 밝아오는 가운데 고시치의 눈의 흰자가 움직이지 않다가가 이윽고 공포에 떠는 것처럼 흔들렸다.

벌써 몇 번이나 봐온 남자의 눈.

초조함과 욕정이 뒤얽힌 짐승의 눈.

"······젠장!"

목에 죄인 끈이 다시 팽팽하게 당겨졌다.

"읏······!"

끈이 목덜미에 깊숙이 박혔다.

고시치는 손에 끈을 휘감고 힘을 주어 그 끈을 잡아당긴다.

"컥··· 으, 으······."

상체가 활처럼 휘며 떠올랐다.

숨이 막힌다는 두려움보다 먼저 기도가 뭉개지는 듯한 아픔이 찾아들었다.

"으, 으, 으······. 읏."

―하지만 이건 정확한 순서.

언제나 처음엔 아픔으로 시작한다.

아픔이 곧 고통이 되고 고통을 넘어선 순간에 이르게 되는 곳이 있다.

몇 번을 넘어서도 절정은 또 새로이 나타난다. 그것은 큰 주인 나리도 내게 주지 못했던 생의 마지막 기쁨.

"젠장! 왜 저항하지 않는 거야······! 네네, 왜 다 당하고만 있어!"

고시치가 머리 위에서 절규한다.

몸 전체가 무겁고도 가볍다. 중력은 내 몸만을 내버려 두고 가볍게 떠오르게 한다.

"네네, 네네, 난 진심으로 네게 반해 있어. 미움 받을 거라면 더 확실하게 미움 받는 편이 좋아……!"

"컥… 커억……."

목에서는 기침이, 입술에서는 침이 늘어져 내린다.

"그래도 나는 너를 떠나지 않아. 네 모든 것이 내 것이 될 때까지……!"

네네, 네네—!

고시치가 계속해서 나를 불렀다.

그 목소리가 지금 사토리의 목소리처럼 들려온 건 분명 환청이다.

의식이 흐릿해져 간다.

네네—!!

'아아, 또…….'

사토리 도련님의 목소리…….

환청이라도 좋아.

그분께 이름을 불릴 때가 나는 가장 행복했으니까.

그 목소리를 들으면서 이대로 절정으로 이르고 싶다—

네네—!

네네—

"네네—엣!!"

12화
드러난 치부

졸리던 목에 압박이 약해진 것과 동시에 고함 소리가 났다.

"뭐야! 뭐냐고! 으아아, 제기랄!!"

희미해진 의식의 어딘가에서 성난 외침소리가 울린다.

"네네!"

누군가가 달려와 나의 몸을 안아 올린다.

목의 끈이 풀렸다.

그리고 입술이 막힌다.

따스한 숨이 입안으로 밀려들어와 목을 타고 기도로 내려온다.

"네네, 네네……!"

숨을 불어넣는 중간 중간 사력을 다해 나를 부르는 목소리.

"네네, 눈을 떠……!"

다시 코가 잡히고 입술 안으로 숨이 불어넣어진다.

그 숨이 폐를 가득 채워 몸속으로 두루 퍼져 나갔다.

아…….

…사토, 리, 도…….

"콜록콜록……."

몸을 가누기가 힘들었다.

"네네, 괜찮아?!"

몸을 웅크리려는 나를 억센 팔이 안아 등을 어루만져 준다.

"네네, 정신 차려, 네네!"

"사토… 리… 도……."

그 품 안에서 나는 그분의 이름을 불렀다.

침으로 범벅이 된 입술이 그분의 이름만을 반복해 부른다.

절정에 달하기 위해 분명 무거운 육체를 버리려 했는데.

단 하나로, 어느새 몸과 동화되었던 마음.

"사토리… 도련님……."

"그래, 나야. 알아보겠어? 네네!"

내가 천천히 고개를 들자 사토리가 일그러졌던 얼굴에 안

도의 표정을 지으며 내 얼굴을 매만졌다.

반대편, 달빛이 어렴풋이 비추는 수풀 속에서 몸을 일으키는 그림자가 있었다.

"젠장! 어떻게 네놈이 이런 곳에 있는 거야!"

고시치가 분노의 괴성을 지르며 일어선다.

건들거리는 고시치의 손이 나뭇가지를 잡고 소리 내어 꺾는다.

나를 수풀 속에 얌전히 누이고 사토리도 일어선다.

"그녀가 걱정돼 찾으러 왔는데 설마 널 만나고 있을 줄은 몰랐군."

"그래, 맞아! 그 녀석은 내 여자야! 방해하지 마!"

고시치의 손이 나뭇가지를 꽉 움켜쥐는 것이 보였다.

"이런 꼴을 당하게 하면서 네 여자는 무슨 네 여자냐! 네네는 내가 이대로 데리고 가겠어. 네 녀석은 두 번 다시 접근해 오지 마!"

"후후, 하하하, 하하……."

고시치의 딱 벌어진 어깨가 조금씩 흔들리기 시작한다.

"이상하네……. 네놈은 네 아버지가 이 녀석에게 쭉 해온 짓을 정말 전혀 모르는 모양인데."

그렇게 말하며 고시치가 과장되게 배를 잡고 구르며 웃는다.

"아버지가 뭘 어쨌다는 거지?"

"네 아비는 이 녀석을 끊임없이 범해왔어! 이 녀석이 아직 어릴 때부터, 네놈들이 잠들어 있는 집안에서 밤마다 농락해왔다고!"

사토리의 어깨가 움찔 움직였다.

그의 표정이 여기서는 보이지 않는다.

"무슨 헛소리를……."

"아하하, 거짓말이라고? 그 말이 또 이 녀석을 상처 입혔어. 봐, 저 새파랗게 질린 얼굴을!"

고시치가 삿대질로 내 얼굴을 가리키자 사토리가 이쪽을 돌아본다.

그 표정은,

믿고 싶지 않은 것을 보는 듯한―

추잡한 것을 보는 듯한―

"네네……."

흠칫 놀라 몸을 일으켰다.

그제야 처음으로 내 알몸이 드러나 있는 걸 알았다.

고시치에게 비틀려 아직도 아픔이 퍼지고 있는 젖꼭지와 몇 번이나 절정에 닿아 흠뻑 젖은 하체까지 모두 다.

그러나 잡초 위에 주저앉은 내 몸은 피부를 가리려는 움직임을 하지 못했다.

그저 망연히, 미끈하게 빛나는 피부를 그의 앞에 드러내고 있을 뿐이었다.

"네 아비는 이 녀석을 묶어두고 여러 가지 도구를 쓰며 갖고 놀았어. 원숭이처럼 시뻘건 얼굴을 하고 아직 어렸던 이 녀석을 끊임없이 범했었다고!"

고시치의 고함 소리도 더는 나를 궁지에 몰지 못했다.

마치 남의 이야기 같이 들린다.

"네네, 넌 내게 이 얘기를 냉정하게 해줄 수 있겠니?"

고시치를 마주한 채로 사토리가 나직하게 말했다.

나는 그 옆얼굴을 올려다보았다.

표정 없는 얼굴이 입술만을 다시 움직였다.

"널 알기 위해 난 이 얘기를 네 입으로 듣고 싶어."

"바보 녀석! 네놈보다 내가 얘를 더 잘 알고 있어!"

고시치가 손에 든 나뭇가지를 휘둘렀다.

등 뒤로 비쳐오는 반달 빛에 나뭇잎이 엉겨 붙은 나뭇가지가 날카로운 윤곽을 드러냈다.

"사토리 도련님……."

비틀거리며 내가 일어섰다.

"이 녀석의 고통을 알아차린 건 나야! 네놈은 호강하며 제아비 돈으로 좋은 음식을 먹고 깨끗한 양복을 입으면서 이 녀석에겐 뭘 해줬어?!"

철썩─!

나뭇가지가 신음 소리를 내며 밤공기를 가른다.

튕기듯이 내 몸이 지면으로 털썩 떨어졌다.

"네네……."

"네네……?!"

사토리가 내 몸을 다시 안아 들었다.

"네네……. 네네!!"

나를 부르는 사토리의 목소리.

언제나 가장 가까이에 있으면서 가장 멀리 있던 것이었다.

지금도 알고 있다.

이제 영원히 이분의 용서를 받을 수는 없어.

그렇다면 적어도 마지막으로 그 모습을 보고 싶은데.

사랑스러운 당신을,

이렇게 사랑한다고—

내 가슴이 부르짖고 있는데.

눈이 떠지지 않는다.

뜨거운 눈물이 흘러내릴 뿐,

내 눈이 이분을 비추지 않아—

—달칵하고 문을 닫는 소리가 들렸다.

누군가의 발소리가 이쪽으로 향해 온다.

큰주인 나리도, 고시치도 아니다.

……싫어, 누구……?

싫어… 싫단 말이야, 정말은…….

누구도 내 몸에 손대게 하고 싶지 않아.

완력으로 나를 들춰내지 마.

사실은 거부할 수도 있었다.

강한 힘에 굴복해 버린 비참한 내 자신을 보느니 차라리 홀로 멀리 달아났더라면 어떤 꼴을 당해도 상관없었을 텐데.

하지만—

거부하는 게 나에게는 더 무서웠다.

어차피 난 이런 여자니까, 라며—

타협하고 포기하며 이건 진짜 내가 아니라고 생각하려 했었다.

언제나 붕 뜬 채 나 자신의 인생을 걸고 있다는 느낌이 들지 않아서.

그러니까 언제나 죽어도 상관없다고 생각했었다.

—누구야? 다가오는 건?

왜 몸이 움직이질 않지? 난 어디에도 묶여 있지 않은데.

도망칠 힘조차 난 잃어버린 걸까……?

—꼬옥, 누군가가 갑자기 내 손을 잡는다.

이 손의 주인은 발소리의 주인이 아니야.

이건 늘 내 손을 잡아 주었던 손.

언제나 내게 따스함을 전해주었던 손.

"어때, 슬슬 마취가 깰 때가 됐을 텐데."

"응……. 밤늦게 불러내서 미안. 기꺼이 도와줘서 고마워."

사토리의 목소리.

내 바로 위 어딘가에서 들리는 모르는 목소리와 대화하고 있다.

"내일 쿠와모토(桑本) 교수도 불러서 봐달라고 할 생각이야. 하지만 가능한 남의 눈에는 띄지 않게 하는 게 좋을 거야."

"그녀를 고치는 게 가장 우선이야. 비용은 얼마라도 낼게. 최고의 명의에게 치료받고 싶어."

"야, 최고의 명의까지 갈 것도 없어. 우리도 실력 하나는 확실하니 걱정 말라고. 뭐, 나야 일 년 동안 유부녀에게 홀딱 빠져서 낙제한 적도 있었지만."

조금 웃는 사토리가 아까보다 차분해진 걸 맞잡은 손을 통해 알 수 있었다.

지금 이야기하고 있는 상대는 사토리가 마음을 털어놓는 사람인 것이다.

"그래서 환자 가족은?"

"친척은 있는 것 같은데 지금은 부르지 않는 게 좋겠어. 내가 보증인이야."

"『네네』라고 했던가?"

"응, 아키노 네네(秋野寧寧). 우리 집에서 일을 해주는 하인이야."

휴우…… 하고 남자가 한숨을 내뱉는다.

"키요코 씨와 사쿠라기 씨에게 들키면 큰일일 텐데. 잘 무마해 보라고 조언하고 싶지만 네게는 무리겠지?"

"걱정할 것 없어. 넌 내가 데려온 환자를 치료해 준 것뿐이야."

"또 그렇게 전부 혼자 떠맡으려는 셈이군."

사토리의 등을 가볍게 툭 치는 소리가 들리더니

"뭐, 됐어. 네 그런 엄청 초조한 얼굴도 오랜만에 봐서 재미있었고."

"오랜만이라니, 지금껏 뭐가 있었던가?"

"부친이 돌아가셨을 때 너 얼굴이 새파랗게 질려서 고민 상담을 하러 왔었잖아. 아버지 방을 정리하다가 이상한 게 나왔다며."

"……응."

"밧줄에 남성 성기 모형에, 난 반대로 흥취 있는 분이라고 감탄했지만 말야. 남자란 다들 음흉하니까."

"그건…… 그렇지 않아."

"그래그래, 그렇게 융통성 없는 네가 이런 여자를 안고 달려 들어왔지. 안 그래, 마치 사토리?"

"뭐야… 그렇게 얼굴 갖다대지 마."

"네 소중한 여자, 나도 제대로 도와서 완치시키고 싶으니까. 안심하고 나만 믿어."

"……고맙다."

"나중에 또 올게."

뚜벅뚜벅 발소리가 멀어져 간다.

다시 문이 탁 닫혔다.

방 안에 고요함이 감돈다. 사토리가 꼭 잡은 내 손을 들어 올린다.

손가락에 닿는 부드러운 감촉.

그것이 천천히 열리며 내 중지를 가볍게 감싼다.

따스한 숨에 피부가 촉촉이 데워졌다.

"응……."

내내 움직이지 않던 몸이 보르르 떨려온다.

"네네……?"

사토리의 얼굴이 가까이 다가온다.

눈을 뜨려고 해봐도 눈꺼풀이 움직이지 않는다.

"일어났니, 네네?"

사토리의 손바닥이 내 이마와 주변 잔머리를 쓰다듬는다.

"여기는……."

"내가 일하는 병원이야. 방금 네 수술을 마쳤어."

"저는……."

그제야 간신히 내 머리가 각성했다.

일어나려고 하자 머리에 둔통이 찾아왔다.

사토리의 손이 곧장 나를 저지한다.

"아직 마취가 덜 깼어. 몇 시간 더 누워 있어야 해."

"저는… 제 눈은…? 앞이 보이지 않아요, 사토리 도련님."

두 눈에 아무런 감각이 없다.

붕대가 감겨 있는 걸 겨우 알 수 있는 정도다.

"그 남자가 휘갈긴 나뭇가지 끝이 네 눈에 상처를 입혔어. 네가 날 감싸줬기 때문이야."

붙잡은 양손에 깍지를 끼고 사토리가 나지막한 목소리로 말을 이었다.

"솔직히 말할게. 시력이 얼마나 돌아올지는 알 수 없어. 하지만 난 무슨 짓을 해서라도 널 치료해 줄 거야."

"그 남자는요?"

"도망쳤어. 널 해치고는 스스로도 놀랐던 모양이야. 경찰에 고소할지 말지는 네가 원하는 방향대로 내가 처리할게."

"……그랬군요."

냉정을 유지하기 위해 노력하는 사토리의 목소리 덕에 나는 사토리 이상으로 침착해질 수 있었다.

"상관 안 해요, 그런 남자 따위. 눈 따위 이대로 보이지 않아도 아깝지 않아요."

"그런 말 하지 마."

"본심이에요. 다친 게 사토리 도련님이 아니라 정말 다행이에요."

다행이다. 그 때 죽지 않아서.

이렇게 이분의 손의 온기를 느낄 수 있어서.

"……왜 웃는 거야."

사토리의 목소리가 울먹이고 있었다.

"……사토리 도련님?"

"왜 이럴 때만 웃는 거야? 넌 오랫동안 한 번도 웃는 모습을 보여주지 않았었는데."

붙잡힌 손으로 또르르 물방울이 떨어진다.

그리고 그 손이 나를 안으려고 해서—

나는 남은 힘을 쥐어짜 그를 거부했다.

"사토리 도련님……. 그만 돌아가세요."

"네네, 네게 진심으로 사죄할게. 알아차리지 못해 미안했어. 아버지에게서 널 지켜주지 못해서 미안해……."

처음 듣는 사토리의 울먹이는 목소리. 그리고 오열.

내 손을 꼭 쥔 채로 사토리는 고개를 돌리고 울고 있다.

"아니에요. 집에 돌아가셨으면 하는 건 이런 저를 보이고 싶지 않아서예요."

사토리가 이쪽을 향하는 기척이 든다.

"사토리 도련님께 만져지고 싶지 않은 건 제가 더럽혀져 있어서예요. 제가 그 남자와 하고 있던 짓을 사토리 도련님도 보셨을 테죠."

"스스로 원해서 했다는 말이야?"

"맞아요. 큰주인 나리와도."

"아니야, 난 알아."

"뭘 아신다는 거죠……."

갑자기 침대 옆에서 물소리가 들리더니 헝겊을 짜는 소리 같은 게 들렸다.

따스하고 촉촉한 것이 볼에 와 닿았다.

사토리가 수건으로 뺨과 목덜미를 닦아준다.

정성스럽고 상냥한 손놀림에 눈물이 흐를 것만 같다.

"과분해요……."

"네네, 넌 피와 흙탕물이 묻어 더럽혀져 있을 뿐이야. 네가 스스로 더럽힌 거라면 내가 깨끗하게 씻어줄게."

사토리가 든 수건이 목덜미에서 쇄골로 내려간다.

몸에 걸친 잠옷의 옷깃이 살짝 열린다.

나는 긴장됐지만 이대로 이분께 몸을 맡기고 싶었다.

"당장 말할 수 없대도 괜찮아. 무리하게 묻지 않을게. 하지만."

조금 벌어진 앞섶 아래로 수건이 살며시 들어왔다.

고시치에게 사납게 쥐어뜯겨 짓물러 버린 젖꼭지가 부드럽게 덮였다.

"조금씩이라도 좋아. 난 네 이야기를 평생에 걸쳐 듣고 싶어."

"사토리 도련님……."

나는 사토리를 향해 손을 뻗었다.

뻗은 손을 사토리가 다시 꼭 잡아준다.

"그러니까 쭉 내 곁에 있어줘."

"제겐 과분한걸요……."

더 이상 나는 아무 말도 할 수 없다. 말해선 안 된다.

하지만 떨려오는 입술이 요동을 멈추지 않는다.

"사토리 도련님……."

"네네, 울지 마."

조용한 숨이 가만히 다가왔다. 더는 거부할 수 없었다. 입술이 조용히 겹쳐졌다.

13화
하녀의 신분으로

매미 소리가 공기 중으로 잔잔히 퍼져 나간다.

독특한 가락을 더한 금붕어 장수와 생선 장수의 목소리. 가끔씩 오가는 자전거와 마차의 바퀴 소리, 자동차 엔진 소리.

바깥세상이 연주하는 음이 바람이 되어 마차 안으로 스며 들어 온다.

"바람에 머리 다 망가지겠네."

옆에서 사카에가 오늘도 서양식으로 땋아 올렸을 머리에 손을 얹고 있다.

"네네의 입원 중 사카에한테 정말 신세 많이 졌어. 남편께도 제대로 감사 인사를 해둘게."

앞자리에서 그렇게 말하는 사토리에게,

"저희 부부는 그냥 둘이 편하게 살아서요. 제가 집을 비우면 술 마시러 밖으로 나갈 수 있다고 남편은 오히려 좋아해요."

사카에가 무사태평하게 웃었다.

"이러니까 마치가 가족 분들이 대단한 거예요."

그렇죠? 하고 내 소매를 붙잡고는 말한다.

"하인이 눈을 다치면 다른 집에서는 쉽게 쫓아낸다잖아요. 그런데 이렇게 돌아갈 수 있다니."

"맞아… 그렇지. 감사한 일이야."

"왜 그래요, 아까부터 네네 언니 평소보다 한결 더 조용하네요. 눈이 아파요?"

"아니, 네네는 그걸 거야. 마차를 처음 타서 엉덩이가 아픈 거지."

사토리가 의식적인 웃음소리로 나를 놀린다.

"아, 그거 알아요. 저도 시집가던 날 주인어른께서 마차를 준비해 주셨는데 엉덩이가 자꾸 튀어 올라서 어쩔 줄 몰랐었거든요."

"……아, 큰길로 나왔네. 이제 곧 도착하겠다."

나는 창틀에 손을 대고 붕대를 두른 얼굴에 볕을 맞았다.

"그걸 알겠어, 네네?"

"소리가 넓게 퍼지며 들려왔어요. 반대편 모퉁이엔 국수를 파는 포장마차가 있어요. 사람이 많이 모여 있네요, 아이도 있고."

"굉장해요, 네네 언니! 다 보이는 사람 같아요."

"눈이 안 보이면 청각과 후각이 전보다 예민해져. 장소의 분위기라든지 바람의 부드러움과 냄새도 전보다 훨씬 잘 느껴져."

방금 이 말을 듣고 사토리가 조금 씁쓸하게 미소 지은 것도.

"네네 언니는 원래부터 감이 좋았잖아요. 저 같은 건……아."

이번에는 사카에가 무언가를 알아챈 듯한 목소리를 내며,

"저택 앞에 자동차가 서 있어요. 검정색 고급차 같은데요."

그 말에 사토리와 나를 둘러싼 공기가 더욱 경직된다.

"사카에, 집안에 들어가면 우선 네네를 내 방으로 데려가 줘."

저택에 도착하자 사토리는 그렇게 일러두고 응접실로 향해 갔다.

"세상에, 진짜 으리으리한 차네요. 자, 네네 언니, 올라가는 계단이에요."

"사카에."

내 팔을 붙든 사카에의 손을 나도 꼭 잡았다.

"부탁이야, 날 응접실 앞으로 데려다 줘."

응접실의 툇마루 곁에 사카에와 나란히 웅크리고 앉았다.

닫혀 있는 바로 앞 미닫이문에서 방 안의 대화 소리가 새어나온다.

"괜찮을까, 들키면 야단맞을 거예요."

"쉿……."

"무슨 소리인지 다시 한 번 분명히 설명해 주겠나?"

위압적인 목소리로 낮게 말하고 있는 건 아마도 사쿠라기 키요코의 아버지, 사쿠라기 날실 무역회사의 사장일 것이다.

"지난 번 댁에 찾아뵀을 때 분명 사죄드렸지만, 그걸로 부족하셨다면 얼마든지 더 고개 숙이겠습니다."

사토리가 순순한 동시에 의연하게 답하고 있다.

슈이치와 시즈도 분명 함께 자리하고 있을 터였는데 어쩌고 있는지는 알 수 없었다.

"나는 이유를 듣고 싶네. 이 혼담은 자네의 아버님이 살아 계실 적에 나와 맺은 약조야."

그의 목소리는 끝없는 분노로 떨려오고 있다.

"딸에게 상처를 주는 상대를 미워하지 않을 부모는 없지. 자네가 내 딸을 상처 입힌다면 나도 이 가게를 망하게 만들어 버릴지도 몰라. 자네가 바라는 게 그건가?"

사쿠라기 씨가 으름장을 놓는 척 솔직한 심정을 털어놓았다.

"사쿠라기 씨께 저희가 범한 실례, 매우 잘 알고 있습니다."

슈이치가 무릎을 쓸며 머리 숙여 사과했다. 그러나 그 말이 끝나기 무섭게,

"제가 마치가와 절연하겠습니다. 그걸로 이 집안을 용서해 주신다면."

"뭐라고요, 사토리 도련님?"

시즈가 감정적인 어조로 되묻는다.

"저는 그런 얘기 못 들었어요. 여보, 당신은 혹시 알고 있었어요? 키요코 씨와의 일도."

"여보, 그 얘기는 나중에 합시다."

"딸은 아직도 독일에 따라가겠다고 하네. 진심일 테지."

"유학은 포기했습니다."

사토리가 던진 말에,

"뭐라고!"

"뭐라고요?!"

사쿠라기와 시즈의 날카로운 음성이 겹쳐졌다.

"기다려, 어쨌든 이유만이라도 들려주게. 자네는 주위의 기대를 저버리고. 아니, 도리어 주위 사람들을 상처 입히면서 더 나아가 자신의 미래까지 매장해 버릴 작정인가?"

"진심으로 사죄드립니다."

사토리는 깊숙이 고개를 조아렸을 것이다. 그의 무거운 목

소리 뒤에 실내가 고요해진다.

"후쿠 씨는 어디 계신가."

사쿠라기가 큰마님의 이름을 꺼낸다.

"자네들과 얘기해 봤자 진척이 없어. 후쿠 씨도 이 혼담을 진심으로 바라고 계셨네. 후쿠 씨와 얘기하겠어."

"어머니는 지금 병상에 계시니 부디 양해해 주십시오."

"얘기 정도는 할 수 있을 것 아닌가!"

사쿠라기가 난폭하게 미닫이문을 열고 방을 나섰다.

그대로 큰마님의 방으로 향하던 그가 돌연 걸음을 멈췄다.

"뭐야, 이 병자는?"

내 앞에 멈춰서 의아한 듯 말한다.

"저희 집 하녀입니다."

뒤따라 나온 슈이치가 답했다.

"이런 물러터진 집안 같으니! 앞도 못 보는 하녀 따위 유곽에나 팔아버리면 그만일 것을!"

드디어 화를 풀 곳을 찾은 것처럼 사쿠라기가 큰 소리로 호통친다.

다다미 바닥을 급히 스치며 다가오는 사토리의 발소리. 그 소리가 곧 세게 울려 퍼지는 슈이치의 목소리로 덮인다.

"사쿠라기 씨, 죄송합니다. 오늘은 그만 돌아가십시오. 나중에 어머니와 함께 댁으로 찾아뵙겠습니다."

"기억해 둬, 나를 바보 취급했다가는 이 업계에서 살아남

을 수 없다는 걸!"

그렇게 사쿠라기는 나무 바닥을 쿵쿵 울리며 현관으로 향했다.

슈이치와 시즈도 사쿠라기를 배웅하기 위해 그 뒤를 쫓았다. 툇마루에는 사토리와 나, 사카에만 남았다.

"안 좋은 얘기를 듣게 해버렸네."

"아뇨… 전 상황이 이렇게 되었을 줄은 꿈에도 모르고……."

조금만 머리를 굴렸더라면 내가 사토리의 마음을 받아들이는 것이 어떠한 결과를 불러올지 상상 못 할 일도 아니었다. 그런데 내가 과거부터 연쇄되어 온 내 마음에만 붙들린 탓에…….

"정말 죄송합니다. 저는……."

"내가 스스로 결정한 일이야."

그가 내 어깨에 손을 얹는다.

"이렇게밖에 할 수 없었어."

슈이치와 시즈가 잰걸음으로 급히 돌아왔다.

"사토리, 대체 어떻게 된 거야?"

"미안해, 형. 나와 의절해 줘. 그래야 사쿠라기 씨가 마치가를 대하는 감정이 조금 바뀔 거야."

"상황을 우습게 보지 마. 네가 키요코 씨와의 약혼을 파기할 거란 얘기를 들었을 때 나도 각오는 해두고 있었어."

"진심으로 사과할게. 어쨌든 이 집은 나갈 거야."

"집을 나가는 건 네네 하나예요."

시즈가 무섭게 쏘아붙인다.

"사쿠라기 씨 말씀대로예요. 앞도 못 보는 하녀를 둬서 어쩔 셈이에요? 일은커녕 자기 몸 하나도 간수 못할─"

"독일 유학을 포기한다는 얘기는 뭐냐?"

시즈의 신랄한 말을 막으려는 듯 슈이치가 묻는다.

"지금 이 녀석만 남겨두고 떠날 순 없어. 완치될 때까지 곁에서 돌봐주고 싶어."

"모두 네네를 위한 일이군."

"맞아."

"너 완전히 돌았구나?"

잠깐 동안의 침묵 뒤에 슈이치는 풋 하고 터져 나오는 숨을 뱉었다.

"아하하……. 너 완전 돌았어."

"여보, 뭘 웃고 있어요!"

"괜찮아, 시즈. 이따가 둘이 얘기하고 지금은 내가 정한 대로 따라줘."

그리고는 사카에를 향해 말한다.

"미안하지만 네네의 짐을 챙겨서 와주겠어요?"

"네!"

긴장한 채 자초지종을 듣고 있던 사카에는 신이 나서 대답하고 달려갔다.

"네네, 가기 전에 인사해 두고 싶은 사람 있어?"

사토리의 말에,

"아뇨……."

나는 고개를 저었다.

폭풍 같은 전개에 아직 마음이 동요하고 있다.

큰마님께 인사를 드리고 싶지만. 폐를 끼치며 떠나는 꼴이 되었으니 사죄하는 것조차 비겁하다.

"형, 정말 미안해."

"생애 마지막 인사인 것 같은 얼굴 하지 마라."

사카에가 내 짐을 안고 달려왔다.

집 밖에서 기다리던 마차에 또다시 셋이서 올라탔다.

사토리의 신호로 마차가 움직이기 시작한다.

분위기는 긴박했다. 하지만 얇은 붕대 너머로 느껴지는 사토리의 얼굴에는 조금 전보다 평온한 미소가 흐르고 있었다.

"정말 이래도 괜찮으신가요?"

나는 다다미 바닥에 손을 짚고 물었다.

멀리서 까마귀가 우는 소리가 들린다.

사카에가 돌아가기 전에 삶아준 국수를 둘이서 먹은 후였다.

사토리는 내가 모르는 사이 병원과 가까운 곳에 아파트를

빌려두었다.

방에는 사토리의 책과 옷이 옮겨져 있었고, 둘이 생활하기 위한 최소한의 일용품들도 갖춰져 있었다.

"제가 입원하고 있을 동안 혼자서 여러 가지 일들과 마주하셨군요."

사토리가 내 등 뒤에 가서 앉았다. 머리끈이 스르륵 풀린다.

어깨로 흘러내린 머리카락을 사토리는 동백향 나는 빗으로 빗어 내렸다.

"집에 어마어마한 짓을 했단 걸 나도 알아. 하지만 난 이렇게밖에 할 수 없어."

"유학은 정말 포기하실 건가요? 국가의 명을 거절하면 앞으로 일에 지장이 생기지 않을지."

"일은 걱정 마. 이래 봬도 난 병원의 신뢰를 한 몸에 받는 전도유망한 의사라고."

빗이 조용히 머리카락 사이를 미끄러져 내려간다.

"그보단 가게에 조금이라도 도움이 될 수 있도록 일본에서 돈을 벌려고. 널 끌어들여 미안하지만."

"끌어들이다니… 다 저 때문인걸요."

견디기 힘든 생각들이 가슴 속을 가득 채운다.

"전 도련님 곁에만 있을 수 있다면 어떻게 돼도 상관없었어요. 설령 다친 눈 때문에 마치가를 떠나야만 했다고 하더라도 괜찮았을 거예요."

"내게 아버지와 똑같은 사람이 되라고 하는 거야?"

사토리의 음색이 바뀌었다.

나는 움찔 숨을 멈췄다.

"넌 내가 나 좋을 대로 널 이용할 거라 생각했니? 겉으론 점잖은 의사인 척하면서 가려진 욕망을 채우기 위해 결국 널 희생시킬 거란 생각이라도 한 거야?"

목덜미에서 빗이 멈췄다.

떨리는 그의 잇소리가 분노와도 닮은 격정을 전해온다.

"큰주인 나리 일로…… 제게 책임을 느끼고 계세요? 그래서 제게 속죄하시려는 건가요?"

"말했잖아!"

갑자기 그가 크게 소리친다.

사쿠라기와의 대면에서도 일관되던 사토리의 냉철함이 아주 간단하게 무너져 내린 것에 나는 놀랐다.

"사토리 도련님……?"

"이렇게 할 수밖에 없었어! 나는 숨기는 것 일절 하나 없이, 너와 함께 걸어가고 싶어! 너의 이야기를 평생에 걸쳐 듣고 싶다고, 내가 말했잖아!"

"하지만, 하지만……."

눈 속이 뜨거워진다. 목소리가 거칠어지고 만다.

"전 안단 말이에요… 당신의 그 충동이 집과 사회를 향한 거란 걸. 저를 향한 게 아니라는 걸……."

"무슨 소리를 하는 거야. 넌 대체 뭐가 그렇게 불안해……!"

"불안한 게 아니라 알아서 그래요. 당신은 절 만지려고도 하지 않는걸요."

계속 해오던 생각을 나도 지금 고한다.

"입원 중에 몸을 닦아줄 때에도 당신은 내 잠옷의 옷깃 언저리조차 벗기지 않았어요."

사토리가 놀라 숨을 멈추는 것이 느껴진다.

"당신은 수건 너머로만 나를 만졌죠. 당신은 내 팔다리조차 눈을 돌리고 닦았어요. 나도 다 안다고요."

나는 수치심도 열등감도 다 던져 버리고 계속 말을 이었다.

"마음속에서는 절 더럽다고 생각하는 거예요. 당신도 이미 알고 있어요. 내가 당신에게 어울리지 않는 여자란 걸."

"네네!"

등 뒤에서 사토리가 나를 움직이지 못하게 꽉 껴안았다. 그는 내 어깨를 세게 붙들고 부드러운 머리카락 속에 얼굴을 파묻었다.

"네네, 그게 아냐."

"다르지 않아요."

두 사람의 격정이 밀착한 피부로 옮겨 붙는다.

그러나 정욕보다도 애달픈 감정을 고조시킬 뿐인 격정—

"전 사토리 도련님이 키요코님 앞에서 자신을 벗어던지던 모습을 봤어요."

"키요코에게는… 정말 못된 짓을 했지. 그건 널 향한 분노와 욕망을 그녀에게 대신해서 풀었던 거야."

"그걸 제게 풀지 않는 건 왜죠……?"

나는 뒤를 돈다. 볼과 볼이 서로를 문질렀다. 보이지 않는 눈이 사토리를 올려다본다.

"저는 '이제 와서 나 따위에게' 라며 저 자신을 비하하려는 게 아니에요. 사토리 도련님이 도련님의 진짜 마음을 알아차리시길 바랄 뿐이에요."

"네네……."

사토리가 슬며시 얼굴을 들었다.

서로의 숨결이 뒤얽힌다.

그의 입술이 붕대 위로 맞닿으며 내 눈에 입을 맞춘다.

"솔직히 네게 어떻게 다가가야 할지 모르겠어. 널 만지고 싶을 때마다 아버지 얼굴이 떠올라."

"……그분의."

"아버지의 유품들 사이에서 믿기 어려운 도구들을 발견한 뒤부터 계속 그 사람의 감춰진 얼굴이 어떤 것이었을지 생각했어. 생각할수록 역겨워 그냥 현실을 부정해 버렸지."

"네……."

"아버지가 네게 그렇게 심한 짓을 했을 줄은 생각도 못했어. 왜 알아차리지 못했는지……."

"큰주인 나리는 하인들에게도, 마을 분들께도 존경받는 분이셨어요. 그것 또한 분명 큰주인 나리의 모습이에요."

"난 겁이 나. 네네, 미안해."

점점 쉬어가는 목소리를 내며 사토리는 내 볼을 매만진다.

"널 만지고 싶은 내 마음이 아버지가 품던 마음과 같은 건 아닐지. 널 또 상처 입히는 게 아닐지."

그의 말을 들으며 나는 목소리가 나오지 않았다.

"한심하지. 이렇게 말하는 것도 널 상처 입힌다는 걸 알고 있는데……."

"잘못한 건 저예요."

내 어깨를 붙든 사토리의 손에 손가락 끝을 갖다댔다.

"사토리 도련님, 저도 당신의 이야기를 듣고 싶어요. 겉모습도 속마음도 다 보여주시길 바라요. 설사 그게 절 상처 입히는 것이더라도."

사토리는 나의 손을 꼭 잡았다.

손가락과 손가락이 깊숙이 깍지를 낀다.

아아, 난 이분이 좋아…….

"네네, 알아줘. 네가 지금 내 품 안에 있어줘서 기뻐."

고백하는 그의 숨결이 내 볼을 촉촉하게 적신다.

온기가 다가와서 내 입술은 사토리의 입술로 뒤덮인다.

천천히 열리는 틈으로 혀가 밀려든다.

그의 혀는 내 떨리는 앞니를 비집으며 안으로 파고든다.

혀와 혀가 닿았다.

처음이었다, 사토리와의 이런 입맞춤—

탄력 있고 조금 까슬까슬하고, 괴로워질 만치 상냥한…….

나도 혀를 뻗어 사토리의 혀에 휘감는다. 그의 타액을 맛
본다.

그렇게 깨닫게 된 사실에 눈물이 터질 것 같아졌다.

이런 식으로 상대방의 입술을 원하고 혀를 탐하고 싶었던
것 또한 내겐 처음이란 걸—

입술이 서로에게 찰싹 밀착되어 있다.

아주 작은 빈틈도 만들고 싶지 않다는 듯이.

하나가 된 숨결을 밖으로 흘려 버리고 싶지 않다.

우리는 서로의 손을 세게 맞잡았다.

서로 조금 어색했지만 있는 힘껏.

지금은 이 마주잡은 손과 서로를 원하는 입술, 그것만으로
도 좋다.

앞으로 어찌 되든, 이분을 이렇게나 가까이에서 느끼고 있
는 지금의 기억만으로도 나는 살아갈 수 있다—

14화
용서받지 못할 과거

『뭘 그리 들떠 있는 게냐?』

—아……?

『귀엽기도 하지. 사토리와의 입맞춤 정도로 그렇게 넋이 나간 표정을 지을 줄이야.』

—누구… 이 목소리는…….

무언가 털썩하며 바닥으로 무너진다.

사토리의 책들이다. 책장이 없어서 바닥에 쌓아둔—

『이런, 불쌍하게도. 발이 아팠겠구나. 어디 내게 보여주련.』

가늘고 보드라운 손가락이 종아리 위를 맴돈다.

"싫어……!"

『이런, 도망치면 안 되지. 네년은 이몸이 네 다리를 핥을 때마다 항상 만족하며 좋아하지 않았더냐.』

큰주인 나리가 방바닥에 엉덩이를 붙이고 앉은 나를 덮쳐 온다.

『우리가 그렇게나 사랑을 나눴던 걸 다 잊은 게냐?』

한쪽 다리가 들어 올려졌다.

눈 아래가 불룩한 눈이 나를 지켜본다. 축축하게 젖은 혀 끝이 종아리에서부터 무릎을 핥으며 내려온다.

"아아… 싫, 어……!"

거부하려 해도 몸이 움직이지 않는다. 내 몸은 보이지 않 는 밧줄에 칭칭 감겨 있다.

다리가 더 높이 들린다.

혀끝이 허벅지 안쪽으로 침입해 온다.

"하으읏……."

『내 고문을 사흘 이상 거른 적이 없던 네년이 사토리 같은 것과 살면 필시 몸이 외로울 터.』

허벅지 안쪽으로 오싹오싹 전율이 가로지른다. 혀끝은 더 안쪽으로 가까워져 온다.

"싫어, 이제 더는 싫어요! 이젠 당신에게 만져지고 싶지 않 아!"

『싫다, 싫다 하면서도 네년은 언제나 여기를 새빨갛게 부풀리고 흠뻑 적시지 않았더냐. 어떠냐, 지금은?』

속삭이던 숨결이 중심부의 은밀한 살점에 끼쳐 온다.

"아… 웃……!"

『오오, 이렇게 흠뻑 흘러넘치는 것을. 갸륵할 정도로 나를 원하고 있어』

기다란 혀가 내밀한 살의 주변을 맴돌아댄다.

"히익……."

『넌 왼쪽보단 오른쪽을 더 잘 느끼지. 사토리는 이런 걸 모를 것 아니냐』

손가락은 하복부를 은밀하게 가르는 곳의 한쪽 살을 쥐어 올렸고, 혀끝은 집요하게 허벅지 안쪽을 빨아댔다.

짜릿짜릿, 짜릿—

뜨뜻미지근하게 와 닿는 피부의 감촉이 쾌감의 입자를 솟구치게 만들었다.

쾌감이 살갖 아래에서 톡톡 터지며 곤충의 다리처럼 날카롭고 섬세한 희열을 꿈틀거리게 한다.

"아아, 아아아……. 웃."

하반신을 지배당한 채로 나는 바닥에 머리카락을 마구 흐트러뜨렸다.

스스로 허리를 흔들어 몸 한가운데 은밀한 곳을 큰주인 나리의 입술에 비벼댄다.

『평범한 행복을 얻고 싶다고 생각해 봤자 소용없다. 네년은 미적지근한 사랑으로 만족할 수 있는 여자가 아니니.』

허벅지에 머물던 그의 혀끝이 아래 틈새로 기어 들어왔다.

두껍고 긴 혀가 욕정의 늪을 깊숙하게 꽉 채우고 춤추듯이 넘실거린다.

"아흣… 아, 아아앗!"

혀의 희롱을 받아들이는 동안 어느새 허리가 높게 떠 있었다.

공중에 뜬 하반신이 그 사이에 큰주인 나리의 얼굴을 끼운다.

혀의 움직임에 맞춰가며 허리를 음란하게 움직여 스스로를 만족시킨다.

쭉쭉쭉—

"아아아앗… 더, 더……."

나는 소리 지르고는 입에 손등을 갖다댔다. 입술을 꽉 깨문다.

나를 보는 얼굴은 웃는 노인탈과 같은 표정으로 나를 비웃는다.

『괜찮아. 이대로 도달하거라. 이몸께서 네년을 몇 번이고 절정으로 인도해 줄 테니』

혀의 꿈실거리는 움직임이 점점 더 격렬해진다.

깊은 곳을 향하는 통로를 반대로 문지르고 살을 파고든다. 혀가 차츰 내가 가장 많이 느끼는 살점으로 바싹 다가온다.

"아아, 아… 싫… 어… 아아아아……!"

부들부들 부들부들—

온몸에 피가 역류한다.

희열의 덩어리가 몸 안에서 살갗을 찢어발기며 튀어나와 사방으로 흩날렸다.

"죽을… 것 같아… 죽어버릴… 것 같아……. 웃!"

울부짖고 몸부림치며 나의 손은 큰주인 나리를 향해 뻗어 있었다.

더, 더 깊이… 더 마구… 더, 더, 저를 부숴주세요—!

"아아아아아앗……!"

「후후, 귀엽구나, 네네

네년은 언제까지나 이몸의 것이다.

후후후, 후후…….」

—정신이 들자 나는 어지럽게 흩어진 책들 사이에 쓰러져 있었다.

기모노의 치맛자락이 흐트러져 있다.

두 허벅지가 비틀려 있고 그 한가운데에서 축축하게 젖은 미육에는 욱신거리는 맥이 뛴다.

나는…….

붕대 아래에서 눈물이 번진다.

나는 이제 사토리 도련님만을 위해 살고 싶은데—

내 몸은 사토리 도련님만이 안아주길 바라는데—

제게 그럴 자격은 없다고 알려주시는 건가요……?

내 몸의 음란함이 사라질 일은 결코 없다고…….

철컥—

열쇠를 여는 소리가 들렸다. 급히 몸을 일으켜 옷매무새를 정돈했다.

"네네……!"

열린 문에서 사토리가 뛰어 들어왔다.

"사토리 도련님… 지금은 병원에 계실 시간이……?"

"집에서 병원으로 연락이 왔어. 어머니가 위중하시다고."

거친 숨을 쉬며 사토리가 달려온다.

"큰마님이……."

"의식이 분명치 않은 상태로 네 이름을 부르고 계시다고 해. 형과 형수도 네가 와줬으면 하고."

"제 이름을… 큰마님께서……?"

"만나줄 수… 있을까?"

그렇게 말하고 분주하게 짐을 정리하면서 사토리가 '제 길……' 하고 신음하는 것이 들렸다.

아파트를 나서자 사토리가 미리 세워둔 마차가 기다리고 있었다.

사토리가 나를 안아 올려서 마차에 태웠다.

마차가 달리기 시작했다.

사토리는 병원에서부터 계속 달려왔는지 아직도 호흡이 가빴다.

분명 새파랗게 질렸겠지만 그의 옆얼굴에서 필사적으로 차분함을 유지하려는 의지가 전해져 온다.

"사실은… 집에 민폐를 끼치고 뛰쳐나온 이상 어머니가 설령 돌아가시더라도 아는 척도 해선 안 된다고 생각했었어."

"사토리 도련님……."

"그 정도 각오는 해두어야 한다고 생각했었어. 그런데 막상 이렇게 되니……."

나는 손을 뻗어 사토리의 손을 찾았다.

의자 언저리를 꼭 붙든 그의 차가워진 손에 나는 손바닥을 갖다댔다.

"네네… 괜찮아, 고마워."

그가 손바닥을 뒤집어 내 손에 깍지를 꼈다.

괜찮아…….

내가 이분의 힘이 되어야 해…….

사토리의 온기를 찾아 헤매듯 나도 힘주어 깍지를 끼고 그의 손을 잡았다.

괜찮아, 이분께 이렇게 하고 있으면…….

곁에만 있을 수 있다면…….

소중한 것과 가장 원하는 걸 가려내야 해…….

정신 차려야 해… 네네…….

사토리의 손에 이끌려 복도를 지났다.

방에 가까워질수록 고통스러워하는 신음 소리가 점점 크게 들려왔다.

"어머니……."

사토리가 미닫이문을 열어 나를 데리고 방으로 들어간다.

"사토리, 네네."

슈이치가 일어나 자리를 내어줘 사토리와 나는 큰마님의 머리맡에 앉았다.

"형, 알려줘서 고마워. 병세는 언제부터 악화됐어?"

잠시 뜸을 들인 다음 슈이치가 무거운 목소리로 답한다.

"네가 집을 나가기 전날 키요코 씨와의 혼약을 파기했다고 어머니께 말씀드렸어."

"응."

"그때 어머니 머릿속에서 뭔가가 끊어진 모양이야. 어제는 왜 키요코 씨가 일요일에 오지 않느냐고 끊임없이 물으셨지."

"그때부터예요."

시즈가 속상하다는 듯 뒷말을 이었다.

"'네네가 없어, 사토리도' 하시면서 혼자 복도로 기어 나가셔서 '어디 있니, 둘이 어디 갔니' 하시며 울부짖으시지 뭐예요."

사토리의 말문이 막힌 기색이 느껴진다.

"…병원에는?"

"큰마님께서는 예전에, 마지막 순간까지 이 집에 있고 싶다고 강조하며 말씀하셨어요."

의사가 조용히 답했다.

"어머니……."

옷이 스치는 소리가 들리더니 사토리가 큰마님의 손을 쥐었다.

"사토… 리……."

신음하며 사토리를 부르는 갈라진 목소리.

"사토리… 으, 으……."

큰마님이 흐느끼는 비통한 소리가 내 가슴을 찌른다.

"너, 일 때문에… 일하러 갔던… 거지……?"

"어머니, 미안해요……."

"일… 하러……."

그런데 나에게는 큰마님의 목소리에 내포된 무언가 다른 울림이 느껴졌다.

단순히 아들에게 의지하는 것이 아닌, 뭔가 좀 더 은밀하고 절박한 듯한 울림이…….

"네네… 는……?"

그 목소리가 나를 불렀다.

"네, 큰마님. 저 여기 있습니다……."

대답한 순간, 왜일까, 보이지 않는 내 눈앞에 큰마님의 모습만이 선명하게 떠올랐다.

"어디에, 있었느냐… 이 방을 나가서… 어디에 있었느냐… 네네……."

사토리를 보고 눈물 짓던 큰마님의 눈이 순식간에 눈물을 거둔 채 나를 뚫어지게 바라본다.

"어머니, 네네는 제가 데려갔어요."

"거짓말이야……."

큰마님이 일어나려고 하자 사토리가 바로 큰마님의 등을 받쳤다.

"어머니, 왜 그래요?"

"네년, 또 갔던 게로구나… 그 방에……."

큰마님의 형상이 귀신처럼 무섭게 일그러진다.

커다랗게 뜬 그 눈이 나를 노려본다.

"요새는 좀 얌전하게 있나 했더니 나 몰래 또 갔던 게야, 주인 나리의 방에……!"

나를 부라려보는 큰마님의 눈이 마치 밤짐승의 것처럼 세로로 길게 섰다.

그 눈 속에 비친 나의 뒤에서 족자 속 호랑이가 꼼짝 않고 나를 응시하고 있다.

모든 걸 알고 있는 그 하얗게 번득이는 눈으로—

"어머니, 왜 그래요? 무슨 말씀 하시는 거예요!"

"큰마님, 누우십시오!"

"어머님?!"

"시끄러워, 시끄러워, 시끄러워, 시끄러워—!!"

큰마님이 앞으로 고꾸라질 뻔하며 내게 손을 쑥 내민다.

마른 나뭇가지처럼 가늘고 뾰족한 손가락이 조금씩 흔들리며 내 목으로 다가온다.

"이 닳아빠진 년! 순진한 얼굴을 하고 남의 남편에게 화냥질을 해!!"

관절을 구부러뜨린 손가락이 날카로운 손톱으로 공중을 할퀴어 댄다.

내 목에 닿아 살갗을 찢을 때까지, 손은 예리한 날을 드러낸 채 계속해서 허공을 할퀸다.

"어머니, 적당히 하세요!"

사토리가 큰마님을 붙든다.

"네네! 넌 저쪽으로 가 있어!"

"가지 마악! 내 곁에서 떠나지 마! 내가 네년을 주인 나리 방으로 보낼 것 같더냐! 아악!!"

"네네!"

"큰마님… 정말 죄송합니다."

나는 다다미 바닥에 손가락을 짚고 앉았다.

사토리의 팔에 잡힌 채 몸부림치며 연신 원망의 말을 뱉어 내는 큰마님에게 머리를 조아렸다. 바닥에 이마를 맞대고 문질렀다.

"죄송합니다……."

주변 모든 것이 흔들흔들한다.

호랑이의 눈이 가만히 나를 본다.

날카로운 광채로 나를 집어삼킨다.

이 결말 좀 보자지, 하며.

네가 한 짓은 결코 지워질 수 없을 거라며.

한번 일어난 일은 이렇게 거무죽죽한 그늘이 되어 사람의 몸속에 스며들어 있지—

"이 역귀 같은 년! 주인 나리가 아닌 네년이 죽었어야 했어!!"

호랑이의 목소리와 겹치는 큰마님의 고함이 내 심장을 찢는다.

내 몸을 갈기갈기 찢어발긴다.

누군가 어깨를 안아 나를 일으켰다.

나를 억지로 일으켜 끌고 나간 건 슈이치였다.

"네네, 저쪽으로 가자."

"형, 네네를 부탁해."

"네네, 가지 마라! 내 곁으로 오거라! 네네!!"

큰마님의 고함을 뒤로하고 내 몸은 슈이치에게 기대어 복도로 나왔다.

미닫이문이 닫혔다.

동시에 머리 뒤에서 또 하나, 무언가가 닫히는 느낌이 들었다.

　호랑이의 눈이 지금도 나를 보고 있다.

　복도에서도 벽에서도 천장에서도 기둥에서도—

　세로로 길고 날카로운 눈동자가 내게 달라붙어 나를 비웃고 있다.

「행복해질 수 있을 거란 생각이라도 했느냐?

　용서받을 수 있을 거란 생각이라도 한 게냐?

　네년은 여기에서 달아날 수 없어.

　죽을 때까지, 영원히.

　자, 이몸의 곁으로 돌아오거라.

　네네—」

15화
너를 지배하겠어

"저는 괜찮으니 슈이치 도련님은 어서 큰마님 곁으로 가세요."

옮겨온 방에서 나는 떨리는 팔을 필사적으로 붙잡아 꾹 눌렀다.

"너도 환자잖아. 어머니는 분명 끔찍한 꿈을 꾸셔서 그런 걸 거야."

"알아요. 그러니 곁에 있어 드리세요."

나는 그 말만 반복했다.

"어머니가 안정되시면 다시 부를 테니 여기에서 기다려."

슈이치가 떨떠름한 듯하면서도 방을 나갔다.

발소리가 멀어지자 나는 복도로 나섰다. 벽에 의지하며 현관으로 향했다.

심장이 아플 만큼 가슴을 때리고 있다.

손도 다리도 핏기가 가셔서 당장에라도 쓰러져 버릴 것 같다.

알고 계셨구나…….

큰마님은 처음부터 전부 다…….

아시면서 입을 다물고 계셨다.

큰마님이 할 수 있었던 건 날 당신 곁에 두는 것뿐이었다. 되도록 큰주인 나리께 접근하지 않도록.

현관을 나섰다.

문을 빠져나가고 길로 나와 계속 그냥 걸었다.

어디로 향하는지는 나도 모른다.

어쨌든 이제 그 집에 있을 수는 없다.

사토리 곁에 있을 수는 없다―

「이 역귀 같은 년!」

귀를 막았다.

귀를 막은 손 너머로 마차 소리가 들렸다. 여기에서 탈 수 있는 마차일까? 소리 방향으로 몸을 돌려 손을 들었다.

"손님, 어디까지 가시죠?"

마부가 눈을 붕대로 덮고 있는 내 모습에 의아해하며 묻는다.

"일행사… 앞까지."

갑자기 내 입을 뚫고 나온 행선지는 고시치에게 불려 나갔던 절. 그 집의 밖에서 내가 처음으로 본성을 드러냈던 절의 이름이었다.

마차 안 의자에 앉아 벌벌 떨리는 어깨를 감싸 안았다.

"괜찮아요? 어디 아픈 거 아니에요?"

마차를 달리며 마부가 여러 번 물어온다. 명백한 호기심에서 비롯된 경박한 말투였다.

오가는 마차와 사람들로 소란스러운 길을 지나 매미 소리만 들리는 조용한 골목을 몇 군데 돌자 마차가 멈춰 섰다.

"손님, 다 왔어요. 요금은 오 전이에요."

나는 어깨를 붙잡은 채로 자리에 웅크리고 있었다.

"가진 돈이 없어요."

"아항, 그래요."

마부가 앞자리에서 내려 내 쪽으로 다가왔다.

영차 소리를 내며 내 옆에 올라와 앉는다.

"아무래도 분위기가 이상하다 했지. 당신도 그거야? 손님인 척 마차에 타는 매춘부?"

차양 덮개가 내려져 마차 안을 덮었다.

"있어, 무슨 사정인진 몰라도 돈 없는 척하면서 몸 파는 여자들. 당신은 그 눈 때문에 생활이 곤란한가 봐?"

까칠까칠한 손이 무릎 주변을 만지작거린다.

치맛자락이 어렵지 않게 벌어졌다.

땀을 머금은 손이 무릎뼈를 매만진다.

아아…….

살갗 위로 저릿하게 미세한 벌레가 꿈틀거린다.

방금까지 오한으로 떨리던 몸에 이제는 끈끈한 땀이 맺힌다.

"후후, 아니면 남자가 필요한 것뿐이야? 그럼 유혹 방법이 너무 복잡했어."

내 양 무릎을 비집어 벌린 남자의 손이 허벅지로 미끄러져 들어온다.

손이 허벅지 안쪽의 부드러움을 맛보는 것처럼 어루만지며 점점 더 안으로 잠입해 들어온다.

"당신, 엄청 밝히나 봐. 벌써 이쪽이 축축하게 젖었어."

남자가 허벅지 안쪽 살을 점토처럼 주무른다. 그의 손가락이 은밀한 곳으로 바싹 다가온다.

그래, 만져…….

난 어차피 그런 여자.

마음과 상관없이 몸이 멋대로 남자에게 안기길 바라고 있으니…….

덜컹덜컹. 끼익—

갑자기 뒤에서 다른 마차가 다가왔다.

힛히잉—

갑자기 멈춰진 말의 울음소리가 울려 퍼진다. 마차의 문이 열렸다.

"네네!"

귀를 의심했다.

"너 이놈!"

퍽 하는 소리가 났다.

"읏……."

신음 소리를 내며 마부가 마차 아래로 굴러 떨어졌다.

내 팔이 세차게 붙들렸다.

"바보야! 빨리 내려!"

"어떻게… 어떻게 여기에?"

"네가 가는 곳쯤은 짐작할 수 있어! 열 받지만!"

억지로 마차에서 끌어내려졌다.

사토리가 나를 안아 들고 자신이 타고 온 마차로 옮겨 태울 때도 나는 당혹스럽기만 했다.

"어떻게, 왜 거기에?"

"형과 교대해서 네 상태를 살피러 갔었어. 불길한 예감이 들어서. 그랬더니 정말 이미 집을 빠져나간 뒤더군."

노골적으로 초조함을 드러내며 사토리가 내 팔을 꼭 붙들었다.

"마부, 혼고로 빨리 가줘!"

"아파트로… 돌아가는 건가요? 저택으로 가셔야죠. 큰마님은."

"말하지 마! 너야말로 내버려 둘 수 없잖아!"

아파트에 도착하자 사토리가 내 팔을 세게 잡아끌었다.

"사토리 도련님, 저는 괜찮으니 어서 큰마님 곁으로."

사토리가 돌아본다. 그리고 갑자기 복도에서 나를 꽉 껴안는다.

"바보야, 넌 정말……."

사토리의 입술이 내 입술을 덮쳐왔다.

그가 양손으로 내 뺨을 감싼다. 결코 놓치지 않겠다는 듯 세차게.

"내가 선택한 건 너야. 왜 모르는 거야? 대체 네가 믿게 하려면 어떻게 해야 돼!"

비명 같은 그의 목소리가 내 입 안에 뱉어진다.

사토리의 통곡이 살갗을 찔러온다.

"사토리 도련님… 저는 이제……."

"네 말을 듣는 건 나중이야!"

사토리가 그대로 나를 방으로 데리고 들어갔다.

안에 들어가자마자 다다미 바닥에 날 넘어뜨렸다.

사토리의 입술이 목덜미를 스치고 내 옷깃이 벌어진다.

"으응……."

"싫으면 싫다고 말해. 난 힘으로 널 안지 않을 거니까."

입술이 목덜미에서 쇄골로 내려간다.

앞섶이 양옆으로 벌어지며 젖가슴이 드러났다.

"앗⋯⋯."

"나만을 원해줘. 나를 믿어줘. 널 얻을 수만 있다면 난 아무것도 두렵지 않아, 네네⋯⋯."

가슴에 손을 대고 사토리가 내 입술을 적셔준다.

"⋯⋯그렇게 말하면 당신이 힘으로 날 안는 게 맞잖아요⋯⋯?"

맞닿은 입술이 당장에라도 울어버릴 듯 일그러진다.

"난 당신에게 거역할 수 없는데⋯ 내게 당신만큼 강한 힘을 가진 사람은 아무도 없는데⋯⋯!"

사토리의 손이 가슴을 움켜쥐었다.

"그렇다면 난 그 힘으로 너를 지배하겠어."

사토리의 얼굴이 가슴으로 내려온다.

"아⋯ 사토리⋯ 도련님⋯⋯."

나의 저항은 가슴을 쥐는 사토리의 손바닥 안으로 흡수되어 간다.

그의 입술이 젖꼭지를 감싼다. 분홍빛의 열매를 입안에 머금는다.

"앗⋯⋯!"

온몸이 튀어 오른다.

"네네……."

민감한 살점이 그의 혀끝에서 살며시 구른다.

"앗… 아아……!"

애달픈 쾌감이 피부로 퍼져 나간다.

온몸이 순식간에 사토리의 혀에게 사로잡힌다.

"사토리 도련님… 아아……!"

내 가슴에 머무르는 사토리의 얼굴을 향해 보이지 않는 눈을 돌렸다.

사토리를 위해 다친 눈이라면 평생 앞을 보지 못해도 상관없다고 생각했었다.

하지만 지금 이 순간 그의 얼굴이 보고 싶어 견딜 수가 없다.

민감한 살점을 애무하는 그의 표정을 확인하듯이 손가락으로 그의 눈과 입가를 이리저리 어루만졌다.

"네네, 지금은 날 느껴줘."

그의 혀끝이 굴리는 젖꼭지를 통해 선명하고도 강렬한 쾌감이 흘러 들어온다.

"아아, 앗……!"

"네네, 네네……."

사토리의 목소리가 야릇하고 관능적으로 내 마음을 할퀸다.

"아……."

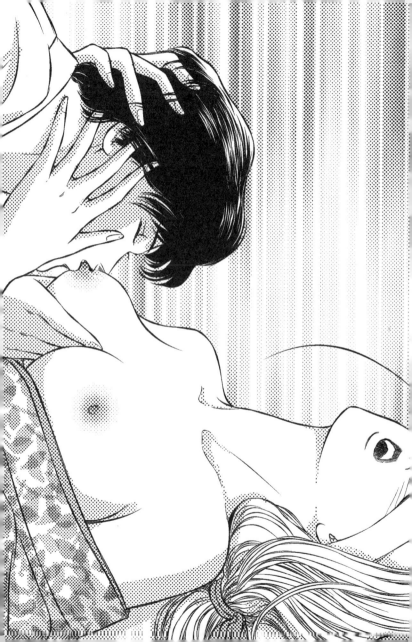

그러더니 갑자기 물이 끓어오르는 것처럼 내 안에서 하나의 감각이 탄생했다.

타액을 바르는 혀의 매끄러움.

이리저리 움직이며 내 젖꼭지를 파고드는 통통한 혀.

내 체온보다도 높은 그의 열기—

눈이 보이지 않는 만큼 피부가 예민해져 있다.

사토리의 혀의 감촉을 미칠 만큼 받아들이고 있다.

"사토리 도련님… 아아… 하아……. 웃."

방바닥에 등을 비비고 그가 만들어내는 흐릿한 소리를 찬찬히 들으며, 내 몸은 달콤한 어둠의 쾌감에 사로잡혀 간다.

강제로 당했던 큰주인 나리나 거칠었던 고시치의 애무에 비해 사토리의 애무는 내게 과분할 정도로 상냥했다.

그런데 그 아련한 피부의 감촉이 내 감각을 예민하게 만든다.

모든 피부세포가 술렁대고 있다.

"아, 아아… 느껴져……."

삐죽 솟아난 살점에 이가 맞닿는다.

가지런한 앞니가 언저리부터 정상까지 은근하게 어루만진다.

"흐웃, 앙, 아응응……!"

움찔움찔, 달콤한 전율이 온몸을 가른다.

그리고는 입술이 옆에 있는 또다른 둔덕으로 옮겨간다.

애타게 기다리고 있던 피부의 정점이 입안의 점막에 감싸인다.

"아응… 아으응!"

동시에 지금까지 핥아지던 반대편 젖꼭지가 손가락으로 쥐어진다.

젖꼭지를 이리저리 굴리는 사토리의 혀끝에 힘이 들어간다.

속도도 빨라져 타액의 소리가 새어나오기 시작한다.

쭉… 스읍…….

"아아, 사토리… 도련님……."

"네네… 내 손안에서 황홀해하는 널 보고 싶어."

그 말이 점점 피부를 달아오르게 만든다.

피부의 감각만이 아니다.

내 손안에서 흐트러지는 사토리의 머리카락의 청결한 향기.

젖가슴 위를 촉촉하게 적시는 그의 숨결과 은은하고도 그윽한 체취—

마치 콧속에까지 성감이 있는 것처럼 나는 사토리의 체취에 흠뻑 젖어 있다.

젖꼭지를 문 그의 앞니가 아까보다도 세게 피부에 박힌다.

"아앗……!"

내가 소리치자마자 사토리가 입술을 떼고 내 뺨에 손을 뻗었다.

"미안, 아팠어?"

"아뇨… 너무 많이 느끼고 있어요……."

나는 그의 어깨에 달라붙어 계속해 주기를 졸랐다.

예민해진 모든 세포 하나하나가 다가오는 자극을 하나도 빠짐없이 받아들인다.

소중히 달래듯 내 뺨을 쓰다듬는 사토리 손의 따스함…….

"행복해요… 저는 지금 죽어도 좋을 만큼 행복해요."

붕대에 눈물이 스민다.

체온이 달랐던 두 사람의 피부가 이제는 같은 온기로 녹아내린다.

사토리의 입술이 다시금 젖꼭지를 감싼다.

혀가 커다랗게 파도치기 시작한다.

"하응……. 아응웃!"

그의 혀와 손가락이 애무하는 두 살점에서 쾌감의 불씨가 타오르기 시작한다.

내 몸을 절정의 전조가 빠르게 뒤덮는다.

"사토리 도련님… 저, 더는……."

다다미 바닥에 머리카락을 흩뜨려가며 나는 사토리의 어깨를 꽉 잡는다.

흥분이 서로에게 전해지며 점점 하나가 되어간다.

"더는… 아아……. 웃."

온몸이 꿈틀거리며 튀어 오른다.

그것은 순간적인 절정이 아니었다.

몸이 천천히, 조금씩 고조되어 간다.

그동안 사토리는 내가 원하는 움직임과 힘의 강도로 나를 끊임없이 애무해 주고 있다.

"아아, 아아아, 아아아……!"

절정 이상의 행복감이 온몸을 구석구석 가로지른다.

온몸을 뒤로 젖혀가며 나는 있는 힘껏 사토리를 껴안았다.

"사토리 도련님……. 웃, 아앗!"

매달리듯 비명을 내뱉었을 때 사토리도 으으응 하고 달콤하게 나를 감싸는 한숨을 흘렸다.

"네네… 기뻐. 네 그런 필사적인 목소리를 들을 수 있어서."

속삭이며 사토리가 내 허리띠에 손을 댄다. 허리띠가 조용히 벗겨진다.

사라락, 사라락―

옷이 스치는 소리와 함께 달아오른 피부가 조금씩 사토리 앞에 드러난다.

"네네."

내 옷을 모두 벗기고 사토리도 자신의 옷을 벗었다.

"꼭 붙어 있자."

사토리의 나신이 조용히 내 몸 위로 내려왔다.

가슴과 가슴이 밀착했다.

배도 하반신도, 서로를 안은 팔도 빠짐없이 서로의 피부에 닿아 있다.

다리를 휘감으면서 서로의 혀를 탐했다.

"난 널 사랑해, 네 과거까지도 전부. 내게 너보다 소중한 건 없어."

그의 손가락 끝이 내 이마를 쓰다듬으며 머리카락을 빗어 내린다.

"앞으로 네 전부를 나에게 맡겨줘."

"네… 네……."

입안을 가득 채워오는 속삭임에 나는 몇 번이고 고개를 끄덕였다.

사토리의 입술이 턱으로 내려가 목덜미를 맴돈다.

그대로 쇄골부터 명치, 배꼽을 조용히 핥으며 내려간다.

"아, 으응……."

붕대로 가려진 눈 속에서 어둠이 하얗게 빛나기 시작한다.

몸이 바싹 굳은 이유는 수치심보다도 그에게 몸을 내맡긴 기쁨에 온몸이 가득 메워졌기 때문이었다.

"다리를 벌려줘."

무릎이 좌우로 갈라지며, 허벅지 안쪽 살을 살랑 그의 머리카락이 간질인다.

사토리의 숨결이 천천히 중심으로 다가온다.

민감한 돌기가 부드러운 것에 둘러싸인다.

"아아앗……!"

미끈한 감촉이 조금씩 구불거리기 시작한다.

바깥 피부에 혀를 댄 채로 내부의 돌기를 떨게 만들려는 듯이.

츄릅, 츄릅, 츄릅…….

"웃, 흐웃……!"

단단하게 솟은 은밀한 꽃술을 굽이치는 혀끝이 연달아 마찰한다.

희뿌연 어둠 속에서 날카로운 쾌감이 온몸을 찔러온다.

지금껏 느껴본 적 없는 충격이 몸과 마음을 덮쳐온다.

"아아, 네네……."

사토리가 갈라진 목소리로 신음을 터뜨리며 혀의 움직임에 가속을 붙인다.

"하앗……. 앗!"

허리가 계속해서 움찔거린다. 발끝이 방바닥 위에서 뒤젖혀진다.

축축하게 젖은 혀가 부풀어 오른 내 중심부를 휘감듯 움직이며 안과 밖을 들락거린다.

"굉장해요… 이렇게나 느껴지다니… 어째서… 어째서……."

사토리는 더욱 혀를 길게 뻗어 과민한 둔덕을 아래위로 맴

돌기 시작한다.

얇은 피부 위를 혀끝이 미끄러질 때마다 환희의 거품이 톡톡 터지듯 춤을 춘다.

"네네, 나도 이상해져 가. 내 품 속에서 점점 흐트러져 가는 너를."

사토리가 갑자기 내 허리를 안아 올린다.

공중에 뜬 두 허벅지의 중심의 틈새를 혀끝이 파고든다.

"아아앙앗!"

"아아, 네네……."

깊이 박힌 혀가 생물처럼 점막의 바다에서 넘실거린다.

내부를 비벼대는 혀의 움직임이 감각을 통해 시각으로 전해져 온다.

뾰족해진 혀끝의 모양, 그리고 그 모양대로 파이는 점막이 눈에 보이는 듯하다.

"네 여기에 들어가고 싶어……."

사토리가 거친 숨을 내뱉고 있다.

혀의 애무 이상으로 그 말이 내 살갗을 희열에 떨게 했다.

"저도 원해요… 당신을 원해요……!"

내 다리를 양옆으로 들고 사토리가 몸을 세운다.

서로의 배가 맞닿았다.

사납게 솟은 사토리의 분신이 은밀한 중심부에 대어졌다.

사토리가 나를 바라봐 주고 있는 게 느껴진다.

나를 감싸 안는 듯한, 동시에 욕정이 가득 담긴 눈빛으로.

"아아……."

우뚝 솟은 사토리의 분신의 뾰족한 끝이 닫혀 있던 축축한 골짜기의 문을 연다.

"하, 앗……. 아앗!"

"아아, 네네……!"

무게감 있는 묵직한 살덩어리가 몸속으로 깊이 밀고 들어왔다.

16화
절대로 헤어지지 않아

무게감 있는 묵직한 살덩어리가 몸속으로 깊이 밀고 들어왔다.

"아아아아앗······!"

온몸의 감각이 내게 이어진 살덩어리 한 점을 꽉 조이는데 집중한다.

짜릿한 느낌과 함께 쾌락의 꿀이 흘러내린다.

"네네, 들어갔어. 네 안으로··· 이렇게 깊숙이······."

"네··· 느껴져요, 몸속에서 당신이 느껴져요······!"

안까지 깊숙이 들어온 사토리의 분신이 조금씩 내부를 거꾸로 매만지며 떠나간다.

그리고 또다시 기세 좋게 깊숙이 들어온다.

"흐으읏…!"

충격 속에 사토리의 허리가 움직이기 시작한다.

"아아, 하아, 하아……."

"아……. 아아, 아아읏!"

움직임에 맞춰 둘의 호흡도 격렬해진다.

똑같은 리듬으로 쾌감이 고조되어 간다.

"굉장해… 네게 빨려 들어가."

"저도… 몸이 녹아서… 어딘가로 사라져 버릴 것 같아
요……."

황홀한 진동에 흔들리며 나는 사토리를 향해 손을 뻗었다.

그 손이 그에게 붙들려 입맞춰진다.

"내 거야. 넌 죽을 때까지 내 거야."

"네… 네……."

그에게 잡힌 내 손은 그의 뺨을 쓰다듬고 다시 다다미 바
닥으로 내려간다.

사토리가 내 위에서 더 힘을 주어 눕는다.

각도를 잡은 그의 분신이 점점 기세를 모아 내 중심을 밀
어 올린다.

"아아앗, 아, 아앗!"

그의 분신이 한결 더해진 압박으로 이 이상은 들어오지 않
을 거라 생각했던 깊숙한 곳까지 밀고 들어왔다.

평소 단정한 사토리의 모습에서는 상상도 할 수 없을 만큼 강한 짐승 같은 힘이 지금 내 안으로 밀려 들어온다.

"네네, 아무데도 가지 마. 두 번 다시 내게서 떠나지 마. 난 죽을 때까지 네게서 떠나지 않을 거야."

절박한 목소리를 뱉어내며 사토리가 허리를 부딪쳐 온다.

절정의 파도가 또다시 밀려든다.

내 몸만이 아닌, 사토리의 몸에도.

이중의 절정감이 하나가 되어 두 사람의 육체를 밀어 올린다.

"나… 점점… 이상해지는… 것 같아…!"

희열의 정점을 향해 끊임없이 달린다.

내 눈에는 사토리만 보인다.

그의 분신이 갈라진 틈을 벌리고 또 격렬하게 온몸을 꿰뚫어온다.

내 몸은 꿰뚫리고 뒤흔들려 점점 더 불타오른다.

강렬한 압박이 무서울 정도로 속도를 올린다.

장렬한 쾌감이 불꽃처럼 솟구치며 내 몸을 감쌌다.

내 허리를 붙잡은 사토리의 손이 절대로 날 떠나지 않겠다는 아릿한 마음을 전해온다.

절대로 떠나지 않아—

헤어지지 않을 거야—

서로를 뒤흔드는 움직임이 아무리 극렬해져도 두 사람은

하나로 이어진 채 같은 곳으로 가려고 하고 있다.

"아아… 몸이 어딘가로… 가버릴 것 같아……!"

"응, 함께 가자. 내가 널 꼭 붙잡고 있으니까."

휘몰아치는 불꽃이 확 세상을 물들인다.

"웃……!"

신음과 함께 사토리가 움직임을 멈추고 내 가장 안쪽에서 자신을 발산했다.

"아아아앗……!"

선명하게 타오르는 불꽃을 바라보며 나는 사토리를 힘껏 껴안았다.

"사토리 도련님… 사토리 도련님……."

사토리가 천천히 내 위로 고꾸라진다.

"네가 견딜 수 없이 사랑스러워서 돌아버릴 것 같아. 어쩌면 벌써 미쳐 버렸나."

우리는 연결된 채로 피부를 밀착시키고 서로의 입술을 갈망했다.

"저도 행복으로 미쳐 있어요……."

이리도 평온하고 가슴이 아릴만큼 달콤한 기분이 나의 것이라니.

의심도 할 수 없을 만큼 강한 힘으로 사토리가 내 몸을 껴안고 있다니.

나를 감싼 모든 것이 이분을 향한 사랑으로 부드럽게 채워

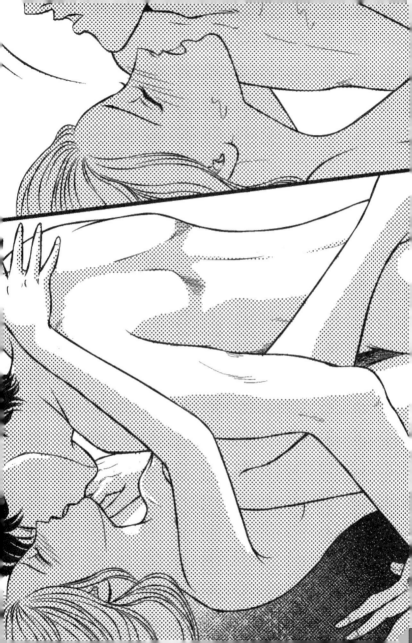

진다.

그는 나를 꼭 안아주었다.

땀이 난 피부를 바짝 맞붙인 채 우리는 언제까지나 서로의 혀를 휘감으며 아직 연결되어 있는 곳에서 뛰는 서로의 맥을 나누고 있었다.

*   *   *

─한 달 뒤.

눈에 감은 붕대를 풀기 위해 나는 사토리가 근무하는 병원의 진료실에 있었다.

사토리의 손이 붕대를 조심스레 푼다.

마른 천이 사르륵 볼을 타고 미끄러져 내린다.

"이제 괜찮으니 눈을 떠봐."

그 목소리를 믿고 눈을 떴다.

희뿌옇게 어렴풋한 시야에 긴장하고 있는 사토리의 얼굴이 떠오른다.

"…사토리 도련님."

"…보이는구나, 내가."

사토리가 복받치는 감정을 억누르듯 웃어 보였다.

"…네."

그가 나를 꼭 껴안아 주었다.

그리고 다시 나를 본 사토리의 눈이 눈물을 머금고 있었다.

그때 똑똑하고 문을 노크하는 소리가 들리더니

"어때, 내 말대로 괜찮지?"

사토리의 친구인 타나베가 들어왔다.

"응… 고마워. 물론 아직 무리해서는 안 되겠지만."

당황한 것처럼 콧물을 훌쩍이던 사토리에게,

"감격하고 있는 와중에 미안하지만 손님이 오셨어."

"손님?"

진료시간이 지난 병원의 대기실에 홀로 불안하게 앉아 있던 손님은 사카에였다.

"사카에, 어쩐 일이야?"

"앗, 네네 언니. 붕대를 풀었네요!"

사카에가 벌떡 일어났다.

사카에의 표정은 어둡고 굳어 있다.

"실은……."

나직한 목소리로 사카에가 설명을 시작했다.

"사쿠라기 씨가 오늘 집에 오신다고?"

"오늘 큰마님께 병문안을 갔을 때 그것 때문에 소란이었어요."

큰마님은 그 후로 병세가 호전되어 지금은 간신히 소강상태를 보전하고 있다고 한다.

슈이치가 사토리에게 전화로 알려준 바에 따르면 그날 내 게 했던 말은커녕 나를 만났던 일조차 기억하지 못하신다 고—

"사쿠라기님께서 최종 통보라고 하셨대요. 마지막으로 꼭 큰마님과 말씀을 나누고 싶으시다고."

"어머니와……."

사토리의 목소리도 무겁다.

"슈이치 도련님께서는 두 분께 알리지 말라고 하셨지 만……."

"고마워, 사카에. 하지만 난 가지 않아."

"네? 어째서죠?"

"상대방의 바람을 이루어주거나 해결해 줄 수 없는 이상 용서를 구할 권리 같은 건 없어. 내 멋대로 구는 건 상대가 용 인해 줄 때 가능한 거야."

사토리의 말은 자신에 대한 의지이기도, 또 나와 가족을 향한 배려이기도 하다.

그 집에서 일어난 일은 두 번 다시 떠올리지 않아도 된다 는.

자신이 저지른 짓에 대한 속죄는 자기만족에 지나지 않는 다는 사실을 받아들이라고.

"사토리 도련님, 그럼 저 혼자 가는 걸 허락해 주세요."

하지만 그런 사토리의 각오와 상냥함이 내겐 아프고 괴

롭다.

"저는 큰마님을 다시 한 번 만나 뵙고 싶어요. 큰마님도 분명 그러실 거예요."

자신의 남편과 문란한 관계를 가졌던 나를 큰마님은 목이라도 베어버리고 싶을 만큼 증오한다.

그리고 그 여자는 지금 그녀의 아들까지 빼앗아 태평하게 살고 있다.

나는 그분께 얼마나 엄청난 고통을 준 것인가.

다시 한 번 나를 만나 큰마님이 어떻게든 결착을 지을 수만 있다면.

그것이 어떤 형태이든 나는 큰마님을 만나 뵈어야만 한다.

"사토리 도련님, 부탁이에요."

잠시 동안의 침묵 뒤에 사토리가 심호흡하며 밖을 본다.

"마차를 부르자. 사카에, 넌 우리가 가는 길에 데려다줄게. 알려주러 와줘서 고마워."

그리고 나를 돌아본다.

"네네, 무슨 일이 있어도 날 떠나 행동하지 마. 어쨌든 나도 성심성의껏 사쿠라기 씨와 만날 테니까."

마치가에 도착해 가게에 들어선 순간 우리의 발은 굳었다.

화려한 옷감이 올려져 있던 선반이 모두 비어 있었다.

디자인된 기모노용 허리띠가 진열되어 있던 곳도 싹 비어 벽면이 드러나 있었다.

한산한 가게에서 자신의 위력을 뽐내기라도 하려는 듯 사쿠라기가 팔짱을 끼고 앉아 있다.

그 앞으로 슈이치와 시즈, 그리고 큰마님까지 나란히 앉아 그를 대면하고 있다.

나와 사토리도 세 사람 곁에 무릎을 꿇고 반듯하게 앉았다.

슈이치가 '왜 왔어'라고 말하고 싶어 하는 듯한 초췌한 얼굴로 쓴웃음을 건넨다.

큰마님은 뼈의 형태가 다 드러날 만큼 빼빼마른 어깨를 축 늘어뜨리고 지그시 눈을 깔고 아래만 보고 있다.

사쿠라기가 눈을 굴리며 사토리를 매섭게 쏘아본다.

"나는 체면 얘기를 하고 있는걸세. 자네도 장사꾼 집안에서 태어났으니 그게 얼마나 중요한 것인지 알고 있을 터."

"뭐라 드릴 말씀이 없습니다."

사토리는 다다미 바닥에 손을 대고 깊숙이 머리를 숙였다.

소중한 사람이 넙죽 엎드려 고개를 조아리는 모습을 본 나는 입술을 꾹 깨물 수밖에 없었다.

"옆에 있는 게 바로 그 여잔가. 얘기는 소문으로 들었다만."

사쿠라기는 하녀 따위 상대도 하고 싶지 않다는 듯 표정을 찡그리고 시선을 슈이치에게로 옮겼다.

"나는 더 이상 일을 크게 만들고 싶지 않네. 육 대째 이어져 내려온 자네의 가게를 이런 꼴로 만든 것도 본의는 아니었어."

"사쿠라기 씨, 진심으로 사죄를……."

슈이치가 대답을 시작했을 때 큰마님이 다다미 바닥 위에 양손을 모았다.

"사쿠라기 씨, 못난 아들이 저지른 일을 진심으로 사죄드립니다."

그리고 구부러진 허리를 굽혀 사토리보다 더 깊이 고개를 숙였다.

계속 힘없이 앉아 있던 큰마님이 갑작스럽게 바닥까지 고개를 숙여 사과하자 우리는 물론 사쿠라기도 놀랐다.

"잠깐, 후쿠 씨. 저는 당신과의 오랜 세월 나눈 친교를 믿고 찾아온 겁니다. 고개를 드시고……."

"사쿠라기 씨, 사람의 마음이 변하는 것과 시대의 흐름만큼은 어쩔 도리가 없는 일이지요."

다다미 바닥에 얼굴을 맞댄 큰마님의 쉰 목소리가 한 가닥 실처럼 울렸다.

"사람은 흐름 안에서 자신의 길을 정할 수밖에 없습니다. 자신이 지닐 수 있는 힘이 모자라다면 그것도 어쩔 수 없는 일. 부디 내키시는 대로 결단을 내려주십시오."

"이보시오, 잠깐……."

슈이치와 시즈도 동시에 허리를 굽혀 이마를 바닥에 붙

였다.

"아무쪼록 내키시는 대로 결단하십시오."

쓸모는 없을 거란 걸 자각하면서도 나 역시 깊이 고개를 조아렸다.

"당신들은 어째 하나같이……. 비겁하군."

고개 숙인 다섯 사람을 보며 사쿠라기는 초조한 모양새로 큰마님에게 가까이 갔다.

"내키는 대로 정말 해도 된다는 말씀이요?"

"저희는 계속 이렇게 사죄드릴 수밖에는 없군요."

"뭐라 드릴 말씀이 없습니다."

큰마님의 말을 듣고 있던 사토리가 다시 한 번 큰 소리로 고했다.

쥐죽은 듯 고요해진 점내에는 사쿠라기의 콧김 소리만이 분주하게 울려 퍼졌다.

그때—

마차 소리가 가까워지더니 집 밖에 멈춰 섰다. 그리고 곧장 당당한 여자의 목소리가 울려 퍼진다.

"아버님!"

모두가 일제히 고개를 들었다.

가게 안으로 들어온 것은 드레스 차림의 키요코였다.

"꼴사나운 모습 그만 두세요. 마치 제가 이쪽 집에서 거절 당하는 것 같잖아요."

"키요코…… 하지만 너."

"됐어요."

키요코는 기다란 속눈썹 끝으로 사토리와 나를 흘긋 보더니,

"이 내가 다 망한 포목점 차남과 결혼해서 무슨 이득이 있겠어요."

그 말을 내뱉고 사쿠라기의 팔을 붙든다.

"자, 아버님. 어서 집에 돌아가서 차를 마셔요. 이렇게 답답하고 음울한 집에 오래 머물고 싶지 않아요."

사토리가 다시 한 번 키요코를 향해 고개를 숙였다.

그 모습을 본 키요코가 더욱더 사쿠라기를 재촉한다.

"자… 아버님도 참."

그 자리에 있던 모두가 그녀의 울먹이는 목소리를 들었다.

키요코의 팔에 이끌린 사쿠라기가 고개를 떨구고 가게를 나갔다.

둘을 태운 마차가 거리를 내달려 사라진다.

그 소리가 다 사라진 한참 뒤까지 사토리는 쭉 고개를 숙이고 있었다.

그리고,

"자, 어머님, 침실로 드시죠."

시즈가 아무 일 없었다는 듯 쓱 일어나 모두를 향해 방긋 미소 지었다.

─단풍이 울긋불긋하게 들기 시작한다.

큰마님은 툇마루에 앉아 가을이 깊어가는 안뜰을 바라본다.

슈이치와 시즈는 평상에 걸터앉아 그 위에 서고 싶어 하는 이치로를 어르고 있었다.

토미가 차를 내와 나도 함께 가족들에게 차를 건넸다.

보름 만에 다시 찾은 마치가였다.

"수완도 좋지, 얘는."

토미가 내 엉덩이를 통 때리고 자리를 뜨자 사토리가 내 차를 건네주었다.

우리는 누가 먼저랄 것도 없이 큰마님 곁으로 다가가 양옆에 앉았다.

"가게 걱정은 할 필요 없단다."

큰마님은 단풍을 바라보며 툭 한마디를 내뱉었다. 사토리는 그런 큰마님을 걱정스레 바라본다.

"하지만 앞으로는 예전처럼 돌아가진 못할 게야. 한번 사쿠라기 씨의 심기를 건드렸단 소문이 돌면 거래처가 떠나 좀처럼 돌아오지 않으니 말야."

큰마님이 호호 웃었다.

"하지만 이까짓 고난쯤은 기나긴 인생에 자주 있는 일이란다."

그리고는 '그렇지?' 하고 나에게 웃음을 보인다.

"큰마님, 저……."

큰마님은 슬머시 고개를 젓고는 가늘게 뜬 눈을 이치로와 놀고 있는 슈이치와 시즈에게로 돌린다.

"슈이치는 알게 모르게 느긋한 면이 있어서 이번 일로도 전혀 기운이 빠지지 않았을 거야. 그만큼 시즈는 점점 더 억세질 테고."

이치로가 신이 나서 '꺄꺄' 떠들고 있다.

그 모습을 바라보며 큰마님도 미소를 짓고 있다.

"모두들 어깨에 자신의 짐을 지고 살아가지. 그뿐이란다."

바람이 불어 뜰 안의 나무들이 살랑살랑 흔들렸다.

시즈가 이치로를 안아 들고 말한다.

"어머님, 슬슬 안으로 드시죠. 춥지 않으세요?"

"그래, 너희들은 여기 더 있으렴. 이치로는 더 놀고 싶은 눈치니."

큰마님이 툇마루에서 찻잔을 들고 일어섰다.

나와 사토리가 큰마님의 등을 부축했다.

갑자기,

"네네……."

속삭이는 듯한 목소리가 들리더니 큰마님의 손이 내 목으로 뻗어온다.

순간 심장이 얼어붙었다.

큰마님을 돌아봤다.

사토리도 발을 멈추고 상황을 파악하려는 듯한 눈빛으로 모친을 바라본다.

목덜미에 얼음 같이 차갑고 가느다란 손가락이 닿더니 그 손끝이 천천히 내 얼굴로 올라왔다.

차가운 감촉이 다독이듯 내 눈을 살며시 어루만진다.

그러고는 손바닥이 상냥하게 머리를 쓰다듬는다. 마치 어린 아이를 달래주는 듯한 손동작으로, 나의 머리를.

"넌 이제 나의 딸이 되었구나. 그게 우리 인생이란다. 내 딸아. 앞으로는 사토리와 함께 자유롭게 살거라."

목이 멘다. 큰마님을 바라보던 내 눈에 눈물이 흘렀다.

뺨으로 떨어지는 한 줄기 눈물을 큰마님의 따스한 손이 닦아주었다.

"아, 꼬치 삐앗쪄."

이치로의 밝은 목소리가 들리자 큰마님의 시선이 이치로를 향한다. 나도 콧물을 훌쩍이며 사토리와 함께 이치로를 바라보았다.

이 집의 화단에서 여름을 보낸 달리아가 딱 한 송이, 선명한 주홍색 꽃을 피우고 있었다.

"네네."

내 이름을 부른 사토리와 눈이 마주쳤다.

그의 얼굴이 부드럽게 웃음 짓고 있다.

"너 지금 웃고 있어."

나는 내 얼굴에 손을 갖다댔다.

"…네."

"내년에도 함께 또 한 송이 심자."

"네……."

"그다음 해에도, 또 그다음 해에도."

"네."

"어머나, 뜰이 달리아로 가득 차겠구나."

큰마님의 말에 모두가 웃었다. 그리고 모두가 화단의 달리아를 나란히 에워쌌다.

메이지 44년 가을.

나라의 연호가 다이세(大正)로 바뀌기 조금 전 이야기.

사람은 이어져 간다.

뒤따르는 자는 앞서 간 자의 발자취에 또 한 걸음을 보탠다.

망설이기도 하고 때로는 용기를 쥐어짜기도 하지만.

모두가 각자의 인생을 열심히 걸어간다는 사실은 변하지 않는다─

『사모하고 있습니다~천녀모란(天女牡丹)~』 완결